摘星译丛

伤心咖啡馆之歌
The Ballad of the Sad Café

〔美〕卡森·麦卡勒斯 ——— 著
Carson McCullers

斯钦 ——— 译

山东文艺出版社

目　录

伤心咖啡馆之歌 / 1
金色眼睛的映象 / 83

伤心咖啡馆之歌

▲

小镇本身乏善可陈，了无生趣。镇子上除了织布厂、工人居住的两居室房屋、几株桃树、一座只有两扇彩色玻璃窗的教堂，以及一条仅有一百码长的可怜兮兮的大街，没别的了。镇子偏僻冷清，仿佛与世隔绝之地，只有星期六会跑来几个住在附近农场里的工人，找人说说话或者做点小买卖，其余时间几乎没什么外人。这里的人要想出趟远门，得去附近的社会城[①]坐火车；即便是搭汽车，也得到三英里外的叉瀑公路上，等路过的灰狗公司和白色巴士公司的大巴。小镇的冬天短暂湿冷，夏天火热，是那种明晃晃的热。

八月的某个下午，人走在大街上，百无聊赖，却找不到一处可以歇脚的地方。镇中心临街处虽说立着一间大屋子，但门窗上钉满了木板，

[①] 社会城（Society City），小说里的城市名。

屋子也向右倾斜得厉害，一副随时要倒塌的架势。这屋子有些年头了，裂缝多不说，看着怪怪的。后来你突然意识到，这屋子曾经粉刷过，但是当初只刷了前廊的右侧和部分墙壁，这才使得外墙一半明亮一半黯淡，且肮脏程度不一样，给人一种奇怪的感觉。这似乎是一间无人居住的空宅，除了二楼的一扇窗户没有被钉上，其他门窗都给木板封得严严实实。可是每到天气酷热难耐的季节，傍晚时分，二楼那扇没有用木板封上的窗户里便会探出一双手，缓缓地拉开百叶窗，窗口随即现出一张人脸，眼睛朝下看着大街。这是一张梦魇里的脸，阴气森森，模糊不清。从这张苍白的脸上，你看不出对方是男是女，但你肯定会记住那两只同时向内侧斜瞪着的、仿佛带着忧伤偷偷打量彼此的灰色眼睛。大约一个小时后，百叶窗重新被关上，整条大街再也见不到一个人影。在这样的下午，工人们下班后实在找不到娱乐的地方，干脆跑去叉瀑公路听苦役犯唱歌。

其实这镇子曾经有过一间咖啡馆，而且方圆几英里内都找不到那么有模有样的喝咖啡的地方。里面家具摆设一应俱全，桌上铺着桌布，上面摆放着餐巾纸，五颜六色的纸条从电风扇上垂下来。每到星期六晚上，咖啡馆里熙熙攘攘，成了镇上居民聚会的好地方。这家咖啡馆的主人是艾米莉·伊文思小姐。但真正让这间咖啡馆生意盈门、财源旺盛的人是艾米莉小姐的表哥——一个叫作莱蒙的罗锅儿。此外还有一个人也和这间咖啡馆有关，那是艾米莉小姐的前夫——一个蹲了好几年大牢的家伙。他一从监狱出来便回到镇子，把艾米莉小姐的生活搅得一塌糊涂后就跑路了。自打前夫跑了后，艾米莉小姐便关了这间咖啡馆，不过有关这咖啡馆的一切还是留在了人们的记忆里。

其实这间屋子最初并没有做咖啡馆之用,而是艾米莉小姐从父亲那里继承来的一间小商店,卖些饲料、海鸟粪以及谷糠和鼻烟料等土产。那时的艾米莉小姐算是有钱人,除了这家商店,她还在离镇子三英里远的沼泽地那里开了一间酿酒作坊。她酿出来的酒质量上乘,堪称这一带出产的最好的酒。艾米莉小姐长得人高马大,肌肉和骨头健壮结实,再加上黝黑的皮肤,猛一看像个男人。一头短发利索地往脑后梳过去,晒黑的面庞自带一股狂野不羁的味道。如果不是两只眼睛有点内斜视的话,她应该是个英姿飒爽的漂亮女人。做姑娘时有很多人追她,只可惜她喜欢独来独往,对男人并不感冒。不过后来她还是结婚了。和大多数人不同的是,艾米莉小姐的婚姻前后只维持了十天的时间;时间短不说,还透着让人捉摸不透的诡异劲儿。对这段婚姻,镇子上的人都觉得奇怪。从那以后,艾米莉小姐再没嫁人,一直都是一个人生活。她经常穿一身工作服,脚蹬靴子,整宿待在酿酒作坊里,静静地看着蒸馏器下方那微微燃烧的火焰。

靠着一双能干的巧手,艾米莉小姐的日子过得相当红火。她会制作灌肠——她做的灌肠在这一带深受欢迎;她会酿酒——经她之手酿出来的酒色泽金黄、酒香扑鼻;她还会盖厕所——她家房后的那个厕所就是她一人在两个星期之内盖出来的;除此之外,她还有做木匠活儿的手艺。能干归能干,艾米莉小姐太过精明,为人不好,除了不挣傻子或者病人的钱外,谁的钱都想挣,好像和人交往不是人情,而是为了赚钱。因为怀抱这样的信念,艾米莉小姐挣了一份不小的家业,包括别人抵押给她的田产和房产、一间锯木厂和可观的银行存款。她成了这一带最有钱的女人。如果不是因为输了场官司赔了不少钱的话,艾米莉小姐的财富足以媲美一位议员。即便这样,艾米莉小姐还是对告状打官司情有独钟,动不动就拉人到法庭上去掰扯一些鸡毛蒜皮的小事。镇子上的人说,如果某天艾米莉小姐走在路上被石头绊了一跤,她会立刻爬起来看看四周有没有什么可以起诉的人或物,以便得到这一跟头的赔偿。除了每次打官司的时段不算安生外,其他时候,艾米莉小姐的生活还算平稳。或者还可以说,除了那十天的婚姻让艾米莉小姐的人生看上去不是很顺利外,她的生活称得上风平浪静。不过,在三十岁那年的春天,艾米莉小姐的平静生活起了变化。

那年四月的一天,时间将近午夜,天气不错,深蓝色(那种在沼泽地生长的鸢尾花的蓝色)的夜空上挂着一弯皎洁的明月。站在小溪那头的庄稼地里,可以看到织布厂里灯火通明——工人们在上夜班。夜色中隐隐传来织布机的嗡嗡声。在这样美好的夜晚,听着从远处黑黝黝的田间飘过来的歌声,你会想到唱歌的黑人男子也许是去找心爱的人幽会。这时候你很想找个地方坐下来,怀抱吉他弹上一曲,又或者什么都不做,什么都不想,只是安安静静地待着,这样就很舒服。月色溶溶的大街上空无一人,只有艾米莉小姐的土产店还亮着灯,店门外的前廊上坐着五个人。其中一个是胖子麦克菲尔,此人是个工头,红脸,有一双细皮嫩肉的手。最上面的台阶上坐了一对双胞胎——瑞内兄弟。两个人穿一样的工服且都顶着一头白发,人也是一模一样地瘦,瞪着两双一模一样的毫无神气的绿眼睛。最下面的台阶上也坐着一个人,他叫亨利·梅西,性格腼腆,和人说话时小心翼翼,非常客气。艾米莉小姐则倚着门站在前廊上，穿着靴子的两只脚交错着，手里拿着一根不知从哪里捡来的绳子，认真地解着绳子上的结儿。几个人只是默默地坐着，很少说话。

双胞胎中的一个一直瞪着空荡荡的大街，这时突然开口道："前面好像有什么东西过来了。"

"应该是头走丢了的牛犊。"双胞胎中的另一个回答。

因为离得远，谁也看不清那东西是什么。月光映照在开满了花朵的桃树上，在路面上投下串串模糊且扭曲的影子。空气里洋溢着花香、甜甜的青草味和附近的咸水湖散发出的暖暖的酸味。

"不是牛犊，好像是个孩子。"胖子麦克菲尔说。

艾米莉小姐扔掉手里的绳子，眉头微微蹙起，看着前方。一绺头发垂在她的脑门上，那双骨节突出的棕色大手不停地摩挲着裤子背带。几个人默默地看着那个影子。大街旁的人家院子里传来一阵凶巴巴的狗叫声，紧接着，一个声音喝住了狗。那人越走越近，终于出现在灯光的照射范围之内。几个人这才看清了来人。

这是个陌生人。通常这么晚很少会在镇子上看到陌生人，而且，这是个只有四英尺高的罗锅儿。他身上的大衣一直耷拉到膝盖，破烂不堪，弯曲的双腿瘦弱得似乎撑不起宽而凹陷的胸部，和肩膀上那隆起的一坨。一颗硕大的脑袋，眼窝深陷，眼睛下面有一圈青色的阴影，嘴小而薄，脸脏兮兮、黄怵怵的，总之这张脸给人一种既风尘仆仆又柔弱的印象。他提着一个鼓鼓囊囊的行李箱，箱子外面用绳子捆了一圈以免散架。

"晚上好。"罗锅儿有气无力向前廊上的几个人问好。

前廊上的人不说话，只是瞪眼瞅着他。

"我找艾米莉·伊文思小姐。"

艾米莉小姐把额前刚才掉下来的那绺头发重新捋到脑后，抬起下巴问道："为什么找她？"

"因为她是我的亲戚。"罗锅儿回答。

双胞胎和胖子同时扭过头看着艾米莉小姐。

"我就是艾米莉·伊文思，你凭啥说你是我的亲戚？"

"因为——"罗锅儿把箱子搁在最底下的那层台阶上，手还是紧紧抓着箱子把手，哭咧咧地说，"我母亲叫范妮·贾斯伯，来自齐霍。三十年前，她和第一任丈夫结婚后就离开了齐霍。我记得她和我说过她有个同父异母的妹妹叫玛莎。我今天到了齐霍，那里的人告诉我说您是玛莎的女儿。"

艾米莉小姐把脸侧过去，打量着这个前来认亲的陌生人。艾米莉小姐是这样一个人——星期日晚上从来都是一个人吃饭，不邀请任何人；她的家里也从来见不到一大帮前呼后拥前来拜访的亲戚；她经常对人说自己在这个世界上没有亲人。不过真要说起来，她也不是一个亲戚都没有。她在齐霍有个开马车行的姑姥姥，但这老太太很多年以前就去世了。除了这个亲戚外，艾米莉小姐还有一个远房表妹，住在二十英里外的另外一个镇子上。姐妹俩的关系并不好，偶尔巧遇一次都要往地上吐口唾沫以示轻蔑。以前也有人想和艾米莉小姐攀亲，但百般努力之后往往无功而返。

罗锅儿继续唠叨着，其间提到很多人名和地名，前廊上的那几个人全没听说过。而且，这些名字似乎和罗锅儿要讲的事情也没什么关系。

"范妮和玛莎是同父异母的姐妹,我又是范妮和她第三任丈夫生的儿子。也就是说,我和您是——"罗锅儿说到这里便打住了,弯下腰去解行李箱上的绳子。他的手看上去像麻雀爪子,脏乎乎的,抖得很厉害。箱子终于开了,里面装着一大堆乱七八糟的东西,包括破旧的衣服和一些像是缝纫机零部件的破烂,总之一看就是些不值钱的玩意。罗锅儿在箱子里掏了半天,最后摸出一张照片,说:"这是我妈妈和她妹妹的合影。"

艾米莉小姐还是没有说话,只是不停地转着下巴颏儿,从左转到右,再从右到左,脸部的表情表明她并不相信罗锅儿的话。胖子从罗锅儿手里拿过照片,对着灯光瞅了一眼,照片里是两个看上去只有两三岁左右、瘦骨伶仃的小孩儿。两个孩子的脸像是两个白色的模糊的小点,根本看不清眉眼长啥样。如果说这张照片是随便从某个影集里扯下来的,肯定不会有人怀疑。

胖子把照片还给罗锅儿。他没有评论照片的真假,只是问了一句:"你是从哪儿过来的?"

罗锅儿语带迟疑地说了一句:"我到处走。"

艾米莉小姐斜倚在门板一侧,低头默默地看着罗锅儿。一旁的亨利·梅西不说话,两只手搓来搓去,眼睛不停地眨巴着。过了一会儿,他从台阶上站起来走了,走的时候没打招呼——罗锅儿的处境打动了他,他离开是因为不忍心看到这个小人儿最终被艾米莉小姐喝令离开,甚至被一路追打出镇子。罗锅儿站在敞开的行李箱跟前,嘴唇微微颤抖,时不时抽抽鼻子。或许是意识到自己无路可去,又或许是觉得自己大晚上提着装满破烂的行李箱,来到这个陌生的镇子和艾米莉小姐攀亲是多么难堪,总之他一屁股坐在台阶上,哭了起来。

一个陌生的罗锅儿大半夜跑到艾米莉小姐的店门前放声大哭,这事儿的确少见。艾米莉小姐挠挠头,其余几个人也面面相觑,看得出谁心里都不好过。夜更深了,整个镇子沉浸在安宁中。

双胞胎中的一个开口道:"这家伙要不是另一个莫瑞斯·范因斯廷,我就天打五雷轰!"

其他几个人点点头,表示很同意他的话。这句话并不简单,里面有点意思。莫瑞斯·范因斯廷是很久以前这镇上的一个居民。他是个犹太人,一天到晚蹦蹦跶跶的,每天都吃白面包和罐头鲑鱼,每次听到别人叫他"杀死耶稣的犹太人"都会放声大哭。后来他在镇子上遇到点儿不好的事,就搬到社会城去住了。自打他走后,镇子上的人就把那种小心眼儿或者动不动哭鼻子的人叫作"莫瑞斯·范因斯廷"。也许是因为不明白这些人在说什么,罗锅儿哭得更厉害了。

"唉,看样子这人心里不好受,"胖子麦克菲尔说,"哭得这么伤心估计是有原因的。"

艾米莉小姐一直在前廊上站着,这时突然步履僵硬地往前迈了两步,下台阶来到罗锅儿面前站住。她若有所思地伸出一只胳膊,用修长的食指的指尖小心翼翼地碰了碰罗锅儿后背那隆起的地方。罗锅儿还在哭着,只是声音小了很多。四周突然安静下来,月亮洒下满地的清辉,坐在前廊上的几个人感到了凉意。接下来,艾米莉小姐做了一件于她而言十分罕见的事情——她从屁股后面的口袋里掏出一瓶酒,拧开盖子后递给罗锅儿。要知道她平常绝少允许赊账,更甭提免费给人酒喝了。

"喝点儿这个。"她说,"暖暖胃。"

罗锅儿不哭了,用舌头舔了舔嘴角的泪水,接过酒瓶喝了几口。等他喝完,艾米莉小姐要回来自己抿了一小口。她先让酒在嘴里停留了一小会儿,然后漱漱口吐掉,随后从从容容地喝起来。双胞胎和胖子工头喝着自己手里的酒。

"这酒真醇。"胖子说,"艾米莉小姐,你酿酒就没出过岔子。"

那天晚上,几个人喝的威士忌(足足两大瓶)扮演了很重要的角色,否则就很难解释后面发生的一系列事情。甚至可以说,没有这两瓶威士忌,就不可能有后来的咖啡馆。艾米莉小姐酿的酒和别家不一样,刚入口的时候清冽爽口,不觉得什么,但是这酒后劲儿大,喝到肚子里很长一段时间后威力才显现出来。不过这只是原因之一,还有一个原因。我们都知道用柠檬汁在白纸上写字看不出字迹,但如果你把这张纸凑近火焰,纸上的字迹就会变成棕色,便能读出写信人字里行间的意思。读者可以想象一下,威士忌是火焰,字里行间流露出的信息是灵魂深处的一些想法,这样就很容易理解为什么我说艾米莉小姐的酒十分重要且有价值。人们视若无睹的事情,或者说藏在内心深处的某些想法,会在酒精的作用下突然显现出来,而且被拥有这些想法的人认可并予以实践。再比如说,一个终日在织布机、饭盒、床这三样东西中打转的纺纱工,在某个星期天外出喝了顿酒。走在回家的路上,他看到小路旁的泥地里,一朵百合花正在招摇地开着。他走上前,用手捧起那朵花,仔细观察那漂亮的金色花蕊,内心感到甜蜜欢欣。又或者,某个一月的午夜,一个织布工只是无意中瞥了一眼夜空,却平生第一次感到这夜空是那么清冷,冷得似乎能刺透人心。这时候该织布工也许会痛苦得连心脏都停止了跳动。一个人如果喝了艾米莉小姐的酒，是极可能拥有这样的体会的。这样的体会也许让当事人感到痛苦无比或者欢欣喜悦，但无论痛苦还是欢欣，都是一种真实的感觉，揭示了当事人心里真正的想法。也就是说，酒温暖了当事人身体的同时，也让他看到了内心深处的渴望。

那天深夜，几个人喝到很晚才散伙。后半夜的时候，几片乌云遮住了月亮，愈发漆黑寒冷。罗锅儿坐在台阶上，脑门抵着膝盖，身体缩成一团。艾米莉小姐把手插在兜里，一只脚踩在倒数第二个台阶上，久久不说一句话。她心里在琢磨事儿，这让她看上去既怪异又聪明，这也是内斜视的人沉思时脸上常常会出现的表情。终于，她开口问罗锅儿："我还不知道你叫什么。"

"我叫莱蒙·威利斯。"罗锅儿说。

"那好，跟我来，"艾米莉小姐说，"炉灶上还留着饭，你可以吃点。"

艾米莉小姐这辈子很少请客吃饭，除非她另有打算，比方说从对方身上赚点钱或者想玩个花招迷惑一下对方。听到艾米莉小姐这样说，前廊上的几个人还以为自己的耳朵出了毛病。后来他们嘀咕说，也许那天下午艾米莉小姐在沼泽地的酿酒作坊里就已经喝了不少。他们听到艾米莉小姐这么说后，很快就回了家。艾米莉小姐仔细地插好院门，又检查了一遍院子，确定一切正常后去了屋子后面的厨房。罗锅儿紧紧跟在她后面，手里拖着他的行李箱。一路上他擤了好几次鼻涕，擤完就用脏兮兮的袖筒蹭下鼻子。

"坐下吧。"艾米莉小姐说，"我这就给你热饭。"

那顿饭是艾米莉小姐和罗锅儿一起吃的，饭菜十分美味。因为不缺钱，所以艾米莉小姐在吃上很少亏待自己。那顿饭他们吃了油炸鸡肉（罗锅儿把鸡胸脯挑到自己的盘子里吃了）、蔓菁泥、甘蓝，还有热乎乎的金黄诱人的红薯。艾米莉小姐把两只胳膊肘撑在桌子上，两腿叉开，脚踩在椅子下面的脚蹬上，低着头吃着盘里的食物。她细嚼慢咽的模样像极了一个在田里劳作了一天，现在只想细细品尝食物的农民。罗锅儿却吃得很急，狼吞虎咽的样子仿佛好几个月都没吃过一顿饱饭。吃饭的时候，一滴泪从他的眼窝里流下来，泪痕洇在那张脏乎乎的脸上。也许是因为刚刚哭过，这滴眼泪只是残存在眼角的一滴剩泪，现在流了出来，不足以表明他是否感恩于艾米莉小姐的招待。灯芯刚刚剪过，边缘散发出蓝色的火焰，把厨房照得亮亮堂堂。艾米莉小姐吃完食物后，用一片面包擦干净盘子上剩下的汤汁，又在面包上倒了点糖浆，吃下肚去。罗锅儿也学着艾米莉小姐的样子，用面包刮干净盘子。不过他似乎挺讲究，重新要了一个干净盘子放面包。吃完饭后，艾米莉小姐身子往后一靠，两只手攥成拳头交叉着抱在一起——她在隔着衣服触摸胳膊上那强健灵活的肌肉。这是她下意识的动作，已经成了她的饭后习惯。接着她把桌上的油灯端起来，头往楼梯那儿一歪，示意罗锅儿跟上自己。

这个店铺的上面统共有三个房间，两间卧室，中间夹一客厅。艾米莉小姐自打孩提时起便一直住在这儿。镇子上很少有人上来参观过，不过据说房间里家具摆设一应俱全，且一尘不染。现在，谁能想到，艾米莉小姐竟然让一个不知从哪儿冒出来的脏兮兮的陌生罗锅儿，去了楼上那么漂亮的房间里！艾米莉小姐手里端着油灯，走得很慢，但是每走一步都是一脚跨过两层。忽明忽暗的油灯也照着紧紧跟在她身后的罗锅儿,因为跟得太紧,墙上两个人的影子重叠在一起,合成一个巨大的扭曲的影子。又过了一会儿,这间屋子和镇子上的其他人家一样,坠入了黑暗中。

第二天早晨风轻云淡,朝霞把宁静的天空染得姹紫嫣红。在镇子周围新翻过的田地里,早起的农民正在移植墨绿色的烟草幼苗。沿着上方的天空低低飞翔的乌鸦在田里投下蓝色的影子。镇子里的人早早起来提着饭盒去织布厂上班时,看见太阳从织布厂的大窗户上反射出耀眼的金色光芒。微风习习,开满花儿的桃树像三月的云彩般轻盈。

和往常一样,艾米莉小姐一大早就从楼上下来。她在压水井旁洗了头和脸,然后便开始忙乎生意上的事情。快到正午的时候,她给骡子套上鞍子,骑着它去了自己那块离叉瀑公路不远的棉花地。正午时分,整个镇子都在传罗锅儿的事情,说他大晚上跑到艾米莉小姐的店里。不过说这些话的人没一个见过罗锅儿本人。再后来空气渐渐热了起来,天空也显得比早晨蓝了许多,一直到这时,罗锅儿还是没有现身。有几个人开始回忆往事,说艾米莉小姐的母亲好像的确有一个同父异母的姐姐。可回忆到这儿,人们的看法又不一致起来,有人说那个姐姐很早就夭折了;有人说她没死,而是和一个烟草工人私奔了。不管怎么说,有一点他们还是达成了一致,那就是罗锅儿的话肯定是胡扯,不能信。还有,他们非常肯定地说,艾米莉小姐给罗锅儿赏口饱饭后便会把他赶跑——他们太了解艾米莉小姐的为人了。傍晚时分,工人们下班回来,此时夜幕还没有降临,天空还是亮的,一个妇女宣称自己在艾米莉小姐家二楼的窗户里看到了一张丑脸。至于艾米莉小姐,她一句和人解释的话都没有,只是在店里忙前忙后,其间还和一个农民因为一个犁铧把儿吵了半天;吵完后又出去修鸡笼,一直到太阳下山才回屋休息。镇子里的人窃窃私语,指指点点,整个镇子可以说疑云密布,谣言被传得沸沸扬扬。

第二天,艾米莉小姐一天都没出门,也拒绝见任何人。也就是从这天起,一个可怕的消息传了出来。这消息让大家个个瞠目结舌,心里惊惧不已。消息的流传始自一个叫莫里·瑞恩的织布工。这人不算靠谱,长得也丑——黄蜡蜡的一张脸,走起路来一步三晃,嘴里的牙全掉了。他得了一种叫"三日疟疾"的病,这意味着每隔三天就会发一次烧。前两天他总是一副有气无力、受苦受难的模样,但到了第三天他便鬼神附体似的折腾一番。他还动不动就想个点子、出个主意啥的,但通常都不甚靠谱。这一天是莫里·瑞恩的发烧日,人们看见他突然转过头对站在后面的人说道:

"我知道艾米莉小姐都做了些啥!为了得到那个行李箱里的一件宝贝,她杀了他。"

他说话的口吻十分平静,仿佛只是在陈述事实而已。不到一个小时,从莫里·瑞恩嘴里出来的这条消息已经传遍了整个镇子。这条以十万火急的速度调动了镇上居民集体智慧的传言内容惊悚变态,让听的人无不感觉心尖打战、毛骨悚然:罗锅儿的尸体被艾米莉小姐埋进了沼泽地,艾米莉小姐被人连拖带拽穿过大街送往监狱,以及艾米莉小姐的那些财产将会被如何处置……传播消息者说的时候个个低眉敛声。这故事每被重复一次,里面就多了些更加离奇诡谲的新内容。天下起了雨,可镇子上的妇女们因为忙着议论这事儿，甚至忘了收晾衣绳上的衣服。有一两个欠着艾米莉小姐钱的人听了传言后，马上穿起过节时才会穿的衣服，好像是在庆祝什么。还有一群人跑到大街上，一边围在一起窃窃私语，一边窥探着艾米莉小姐店铺里的动静。

说镇子上所有的人都参与了传播谣言的过程，似乎也不太符合事实。因为镇子上还有一两个脑瓜清楚的人。他们认为艾米莉小姐不缺钱花，不会为了流浪汉箱子里几件不值钱的玩意而大开杀戒。镇子上还有三个好心眼的人，他们可不想眼睁睁地看着谋杀那样的事情发生在这个镇子上；即便是谋杀事件会给大家带来好处，或者能让平静的镇子热闹一些，他们也不乐意。可以说，这仨好人并不想看到艾米莉小姐站在监狱栏杆后面，以及被带到亚特兰大施以电刑——这样的事儿不会让他们感到兴奋。对于艾米莉小姐，他们是这样认为的——如果一个人说话办事和大家有异，而且罪孽太多（多到外人很难全部记得），那就需要区别对待，于是他们从艾米莉小姐的出生开始回忆。她刚出生时皮肤黑黑的，一张小脸看上去十分奇怪。她从小没了娘，是她的鳏夫父亲一个人把她养大。她很小的时候个头就长到六英尺两英寸高，这对一个女人来说可不常见。还有，艾米莉小姐的生活方式稀奇古怪，让人想不通。除了这些，他们还想起了艾米莉小姐那谜一样的婚姻，要知道那可是这个镇子上最让人难以捉摸的丑事。

左思右想之下，仨好人竟然对艾米莉小姐产生了同情。还有，每当艾米莉小姐因为生意上的事和别人"兵戎相见"，比方说冲到对方的家里拖出缝纫机抵债，或者想着法儿把对方告上法庭，这仨好人心里都充满了一种复杂的感情；里面既有对艾米莉小姐的愤怒，也有一种因为事情的荒唐而感觉可笑的无奈。不过这三个好人对艾米莉小姐的看法左右不了镇子上的局势，因为整个镇子上只有三个好人。可以说那天下午，除了他们，全镇人都好像过节似的，每个人都在为这场臆想出来的谋杀案暗暗额手称庆。

奇怪的是，艾米莉小姐似乎对镇上居民的举动并不知情。那一天大部分时间她都窝在楼上，后来倒也下了楼，手插在工作服兜里，低着脑袋在店里走来走去。她身上的衣服干净整齐，见不到一丝血迹，衣服领子几乎遮住了大半个下巴。她每走几步便停下脚步，绞着脑门上的一小绺头发，眼睛严肃认真地盯着地板上的裂缝，嘴里小声嘟囔着什么。

夜幕降临。因为下午的那场雨，空气中多了些许寒意，晚上的天气变得阴冷晦涩，像是回到了冬天。低垂的夜空上没有一颗星星，接着，一场寒气袭人的冷雨滴滴答答地落了下来。家家户户屋子里的油灯散发出一种飘摇不定、郁郁寡欢的微光。一阵风掠过小镇上方的夜空——这风不是从沼泽地那边吹过来的，而是来自北边黑黢黢的阴冷松林。

那口大钟敲过八下后，镇子上还是一切照旧，并没有什么异象出现。但因为人们已经议论了一整天的谋杀事件，再加上那晚的天色如此阴沉，几个胆小的人竟莫名害怕起来。他们守在家里，身子尽可能地靠近火炉，以此来驱散内心的阴霾。另一些人则选择抱团待在一起，其中几个人（大约八到十个）围聚在艾米莉小姐店铺门口的前廊上。这几个人默默地站在前廊上，看上去像是在等待什么，至于到底在等什么，其实他们自己也不清楚。但是这种情况可以这样解释：每当风雨欲来，将有什么大事件发生时，这里的男人们总爱扎堆聚在一起，共同观望事态发展。当事态发展到一定程度时，这帮男人很可能会同仇敌忾，团结起来一起行动。这样的行动往往没有经过妥善的思考，也不是听命于某一人做出的选择。可以说是本能让他们聚到一起。最后的团结行动也不是出于某个人的命令，而是共同决定。到了关键时刻，每个人都不会犹豫。至于这种行动的性质是否会和打劫、暴力以及犯罪扯上关系，那就看命运的安排了。此时，那八九个人面色凝重地等在前廊上，没人清楚自己到底为了什么站在那里，但没有一个人离开，因为每个人的心里都回响着一个声音，告诉他们这时必须在此等待，集体行动的时刻很快就会到来。

艾米莉小姐打开了大门。屋里灯火通明，和平日比，一切看上去没啥两样。店里左边的柜台上，堆放着白肉、冰糖和烟草。柜台后面是一层层的隔板，上面摆放着腌肉和还没有碾过的谷物。右边放着一堆农具。再往里走，左手处有一扇总是开着的小门，从那里可以看到通往楼上的阶梯。右首再往里走有一个小房间，这里便是艾米莉小姐对外宣称的办公室。办公室的门开着。当晚钟敲八下时，人们看见艾米莉小姐坐在那张带桌盖的办公桌前，手里握着墨水笔，正在往纸上写着什么。

办公室里的灯光透着温暖，坐在里面的艾米莉小姐似乎压根没有注意到前廊上还站着几个人。她的办公室里，一切都摆放得整整齐齐，而且每件东西所在的位置还和以前一样，没有任何异样。附近的人都知道这间办公室，不过它的名声并不好，原因很简单——艾米莉小姐所有的买卖都是在这里完成的。办公室的桌子上放着一台打字机（外面盖得严严实实），只有在准备重要文件时，艾米莉小姐才会使用它。抽屉里放着一摞摞的文件，全部按字母顺序摆放齐整。艾米莉小姐喜欢钻研医术，且亲身实践无数，这间办公室也是她接待病人的房间。房间里有两排架子，上面放着些瓶瓶罐罐和女人用的东西。对面的墙脚处摆着一张长凳，那是给病人坐的。艾米莉小姐给病人缝合伤口时一定要烧一下针，以防伤口感染。对付烧伤她有一种既凉又甜的糖浆。对于那些自己也说不出哪儿难受的病人，艾米莉小姐也能拿出各种各样的药物，都是根据自己研制的秘方调配的。这些药通便非常灵，只是小孩子不能吃，吃了容易抽风。她给小孩子治病，会用更温和、味道较甜的药水。总而言之，艾米莉小姐是个好医生。她的手虽然骨骼粗大，但落到病人身上时十分柔和灵巧。还有，她是一个想到便能做到的人，已经掌握了好几百种治病的法子，即便是面对疑难杂症也很少有不敢出手的时候。只要她愿意治，就没有什么可怕的要命的病。不过只有一个例外，那就是艾米莉小姐对治疗妇科疾病向来没兴趣。往往是病人还没说几句话，艾米莉小姐的脸已经沉了下来。她会把脖子抻得老长，摩挲着腿上的靴子，像一个因为害羞而张口结舌的大孩子。但是在治疗其他疾病上，艾米莉小姐赢得了人们的信任。还有，她治病从不收钱，这也为她赢得了更多的病人。

那天晚上，艾米莉小姐一直没停下笔，但即便这么忙，她也不可能一直看不见那几个人站在黑漆漆的前廊上瞅着她。所以她偶尔也会抬起头来，冲那几个人稳重地点点头，算是打招呼。不过，自始至终她都没有叫嚷，质问他们为什么这么晚了还赖在自己的前廊上不肯离开。反正那天晚上，艾米莉小姐的脸上一直带着某种自信且斩钉截铁的神情，和坐在办公室的桌子前处理事务没什么两样。后来她掏出一块红手帕擦了擦脸，也许是那帮人探头探脑的猥琐样惹烦了她，她站起身关上了办公室的门。

对于前廊上的这帮人来说，背对着阴沉沉的大街实在让人沮丧！艾米莉小姐的这一举动相当于一个信号——集体行动的时候到了！就在艾米莉小姐关上办公室门的那一刻，几个人像是商量好了似的，一起拥进店里。这八九个人从外表看十分相像，都穿一身蓝色工作服，多数脸色苍白、头发花白，且眼睛里一律带着一种做梦似的神色。没有人知道下一步要干些什么，就在这时，楼梯尽头传来一阵很大的动静。几个男人仰头朝上看去，这一看不打紧，每个人都直挺挺地僵在那里，惊得一句话都说不出来。楼梯上的那个人正是罗锅儿——一个在这群人心里已经身首异处、惨遭杀害的人。而且，罗锅儿远不是他们心里想象的模样——一个肮脏无比、可怜兮兮、牙齿咯咯打战、走哪儿都没人理的小乞丐，而且相差十万八千里！这时候，房间里可以说鸦雀无声、一片死寂。

罗锅儿一步步走下来，神情倨傲，仿佛脚下的每一寸地板都属于自己。仅仅几天的时间，他似乎变了个人。首先他十分干净整齐，身上虽然还穿着原来的那件大衣，但衣服已经用刷子仔细刷过，且原先破的地方也补得利利索索。里面是一件艾米莉小姐曾经穿过的红黑格子衬衫，看上去很新。腿上不是这里的男人通常穿的肥大裤子，而是一条到膝盖处的贴身马裤。马裤下面套一双黑色长袜，显得那两条细腿愈发干瘦。脚上的鞋样式独特，鞋带一直系到脚踝处，而且刚刚擦过，还打了蜡。脖子上，一条柠檬绿的围巾遮住了大半个耳朵，围巾穗儿乎要蹭着地板。

罗锅儿从楼梯上下来后，趾高气扬地朝那伙人中间走去。几个人忙不迭地给他闪开一条道，垂手侧立，眼睛睁得老大，看着他。看得出罗锅儿有自己的一套待客方式，他稳重地和每个人点头致意，当然视线只是在他能力所及的高度之内，也就是普通人身上皮带的高度。这之后，他的目光突然变得锐利起来。他意味深长地打量着那几个人——范围还是从对方的腰间到脚趾。完整地履行完这套程序后，他闭上眼睛摇摇头，好像是说自己刚才看到的东西并不咋地。这之后，他自信地（也可能是为了树立形象）往后一仰脖，把这些人仔仔细细地重新打量了一圈，然后朝店铺左面装着谷糠的麻袋走去，跷起二郎腿舒舒服服地坐在上面，接着从大衣口袋里掏出个物件来。

现在轮到那几个早就浑身不自在的人开口了。

几个人好一会儿才回过神来。莫里·瑞恩——那个身患"三日疟疾"、带头传谣的家伙先开口了。他盯着罗锅儿手里的物件，很着急地问：

"你手里拿的是什么呀？"

其实那几个人都知道罗锅儿手里的是什么东西，那是艾米莉父亲的鼻烟壶。鼻烟壶的外壳是蓝色珐琅瓷的，盖子镀金，十分漂亮。几个人对着鼻烟壶啧啧称叹（虽然他们早就见过这玩意儿），同时偶尔往办公室的方向警觉地瞟上一眼。里面传出艾米莉小姐的口哨声。

"就是，这是什么东西呀？花生米？"

罗锅儿抬头瞟了他们一眼，薄薄的嘴唇里蹦出一句话："这个嘛，是专治传闲话的。"

说完他便从鼻烟壶里掏出点东西来。看得出来，他并没有请大伙儿尝尝的意思。那根细细的手指掏出来的不是鼻烟，而是糖和可可的混合物。他像吸鼻烟那样用手指拈出一点，放在嘴唇下方，然后再一伸舌头，做鬼脸似的舔进嘴里。

"我最里面的那颗牙老是感觉酸酸的，所以要常吃点甜东西缓解一下。"他这样和众人解释。

那几个人呆呆地站在那里，不知该说什么好。不过没等这种呆滞感结束，房间里已经洋溢着一种亲人团聚或者说过节的气氛。那伙人主动报上自己的名字，他们是海瑟替·马龙、罗伯特·加尔文·哈尔、莫里·瑞恩、威霖牧师、罗斯·克林、瑞普·威尔伯、亨利·福特·克林普、霍洛斯·维尔。除了威霖牧师外，其他几个人在很多方面都很相像。就像我前面提到过的，这些人情绪不稳定，常常为一点小事大喜大悲。他们都有过被病痛折磨的经历，不过大多属于人不犯我我不犯人那一类型，所以还算好对付。他们都在那家织布厂里做工，都和别人一起住在有两三间卧室的大屋子里，房租是一个月十块或十二块。

还有，那天下午，他们手里都捏着点钱，那天是星期六，工厂刚发了工资。所以，您可以暂时把他们看成一个整体。

不过罗锅儿心里早就把这几个人区分开了。他舒舒服服地坐下，和大伙儿攀谈起来，中间问了很多问题，比如说结婚了没有、多大了、一星期能挣多少钱——他的问话里透着股亲热劲儿。很快，店里又多了几个人，包括亨利·梅西、觉察到今晚非同寻常的游手好闲者，和几个叫自己那喜欢凑热闹的丈夫回家的妇人。后来店里还溜进来一个黄毛小孩儿，偷了一盒动物饼干悄悄溜了。很快，店里变得拥挤起来，人越来越多，不过艾米莉小姐自始至终没有打开办公室的门。

有一类人生来就与众不同。他们具备一种通常只存在于儿童身上的能力，不费吹灰之力就可以和其他人或物建立一种既亲密又很重要的关系。罗锅儿就属于这一类人。半个小时之内，他已经和那几个人打得火热，就好像他原本就是这个镇子的人。不仅如此，他坐在谷糠袋子上，言谈举止像镇子上的重要人物，让人觉得，早在今晚之前，他就已经和大家度过了无数个神侃海聊的夜晚。罗锅儿的本事，加上当天又是星期六的事实，足以解释为什么店里会出现平常没有的其乐融融的画面。不过，虽然大家一直有说有笑，但很多人并没有完全放开，一是因为这种场面很少见，二是艾米莉小姐一直把自己锁在办公室里不肯出来。

终于，在晚上十点钟时，艾米莉小姐走出了办公室。那几个想看热闹的人不由得感到一丝失望，因为艾米莉小姐走路的架势和以前没什么不同，肩膀摆动的幅度很大，显得很虎实，只不过鼻子上多了一道墨水印，脖子上也多了条红色的手绢。艾米莉小姐似乎并没有注意到今晚的异常，她用那双灰色的斗鸡眼朝罗锅儿的方向看了几眼，又不动声色地打量了一眼其他人，语气平静地问了一句：

"你们买点儿什么吗？"

人群里当然不缺想买东西的顾客，而且，因为是星期六，那几个顾客一律想买酒。三天前，艾米莉小姐从作坊的地里挖出一桶陈年老酒，灌进了瓶子里。确定那几个人要买酒后，她从他们的手里接过钱，就着灯光数清楚。艾米莉小姐的这一动作和以往没什么不同，不过接下来发生的事情便不一样了。过去顾客买酒时，付完钱后得绕到后院，等着艾米莉小姐从厨房门里递酒出来。这种交易方式让人高兴不起来，因为拿到酒后，客人就得离开院子，消失于夜色中。如果某位客人的老婆不让他在家喝酒，他可以拿着酒瓶绕回到门口的前廊上或者大街上，着急忙慌地灌上几口。本来前廊和前廊前的街道都是艾米莉小姐的产业，这一点毋庸置疑，但是艾米莉小姐似乎从来不觉得这些地方属于她。在她眼里，只有从前门到屋里这一块儿才是她的领地。在这一领地里，除了她本人外，她从来不允许任何人喝酒，甚至连打开酒瓶盖都不行。不过，那天晚上，艾米莉小姐打破了自己定的戒律。她不仅跑去厨房把酒拿来交给那几个人，还捎来几个酒杯，跟着又取出两大盒饼干，找一个大盘子放好，摆在柜台上请人品尝。整个过程中，罗锅儿一直跟在她身后忙前忙后，屋子里霎时温暖明亮了许多。

那个晚上，艾米莉小姐没有和任何人说话，只是在中途嗓音沙哑地问了罗锅儿一句："莱蒙表哥，你是直接吃凉饭，还是我给你在饭里加点水，放到炉子上热热再吃？"

"如果可以的话，艾米莉，"罗锅儿回答说（很久以来，这里的人称呼艾米莉小姐时都要加尊称，很少有人敢当面直呼其名。事实上，自从艾米莉小姐的父亲——他总是亲昵地叫她"小家伙"——死后，好像还从来没有人敢用这么随随便便的口吻和她说话呢），"如果可以的话，请给我热一下。"

这就是咖啡馆故事的最初情节。到现在，镇子上的人还记得那天晚上阴冷无比，仿佛冬天提早到来。假若人们当时坐在艾米莉小姐家门口的台阶上庆贺咖啡馆的成立,那肯定不像待在屋子里那样舒服。也只有在屋子里,才会有那么其乐融融的场面:有人把屋子后面的炉子盖弄得咔喇咔喇直响;有人大方地把自己的酒分给周围的人一起喝;屋子里还出现了几个嘴里嚼着扭扭糖、喝着橘子汁、不时灌几口威士忌的女人;大伙儿十分开心,都抢着和罗锅儿说话;办公室里的长凳和椅子也被搬了出来供大家坐,没有座位的人或倚着柜台站着,或坐在桶上、麻袋上,看着也挺舒服。虽然大伙儿喝了不少酒,但没有一个人闹事儿,也没有一个人不顾体面地呵呵傻笑。可以说,那天晚上风平浪静,啥糟糕事情都没发生,店里所有人都很有礼貌,有些人甚至让人觉得行为举止太过礼貌,显得没自信似的。说起来,镇子上的人很少会为了找点乐子聚在一起,最多在织布厂里打个照面,或者是星期天参加教堂礼拜时聚一聚。说句实话,后一种聚会的目的是让人们加深对地狱的理解,以及对上帝的恐惧(一种双膝不由得跪倒的恐惧)。但是咖啡馆的意义截然不同。在一个井然有序的咖啡馆里,即使你是一个有钱贪婪的恶霸,也不敢随随便便口出不逊、欺负别人;而那些穷人也都是一副自觉自律的模样,自觉到连往杯子里搁盐也要一本正经地摆出个样子来。所以说,一个井然有序的咖啡馆在人们心里,也是"友谊""温饱""某种程度的欢乐"以及"优雅的行为"的代名词。不过那天晚上,并没有人提起"咖啡馆能给人们带来什么"这个话题。对于这样的话题,镇子上还没有人想过。但即便没有想过,人们还是意识到一个咖啡馆的确会带来很多好处。

这其乐融融场面的创造者——艾米莉小姐一直站在通往厨房的过道上,几乎整个晚上都站在那里。虽然从表面上看,她和以前没什么不同,但还是有很多人注意到，她脸上的神色和以往并不一样。她也观察别人，但更多时候把视线落在罗锅儿身上。那罗锅儿很有派头地在店里走来走去，不时从鼻烟壶里拿出点东西抿上一口，和大伙儿聊天的语气时而尖酸刻薄时而和气。艾米莉小姐站在那里，火光从炉子缝隙里透出来，照在那张褐色的长脸上，两只眼睛往内斜视得更厉害了。那张脸上既有痛苦，也有困惑，同时还夹杂着一种很难说清楚的欢乐。她的嘴唇不似往常那样坚毅，而且不停地咽着口水。她脸色苍白，空着的两只手不停地冒着汗。总之那天晚上，她仿佛一个正处在热恋中的孤独的人。

大伙儿一直玩到午夜才散去，离开时也没忘用亲热友好的语气互道晚安。客人全部离开后，艾米莉小姐和平时一样关上了院门，唯一不同的是，这次她没有像以往那样插上门闩——也许是忘了。很快，四周静了下来——那条耸立着三家店铺的大街、那家织布厂，还有沿路家家户户的灯影人声全部归于沉寂，坠入了无声的黑暗之中。因为罗锅儿的到来，在接下来的三天三夜里，这间屋子仿佛过节一样热闹。小镇第一间咖啡馆成立了。

时光流逝，四年很快过去了。四年的日子大同小异。艾米莉小姐的生活的确发生了很大的变化，但因为这些变化是一点一滴发生的，所以并没有引发大惊小怪的议论。罗锅儿一直和艾米莉小姐住在一起。咖啡馆的生意渐渐有了起色，而且越来越好。再后来，艾米莉小姐在咖啡馆里卖饮料的窗口摆上了自酿酒。咖啡馆里又添了好几张桌子，每天晚上都有顾客光临。到了星期六，客人更是一拨拨地来。艾米莉小姐的晚餐菜单上有了十五美分一盘的烤猫鱼。另外，罗锅儿说服艾米莉小姐买了一架做工考究的机械钢琴。不到两年的时间，这个地方已经从过去只卖些土产的小店成功转型，成为一家营业时间从晚上六点至十二点、看上去有模有样的咖啡馆。

每天晚上，罗锅儿总是像个大人物似的从楼梯上下来。因为艾米莉小姐早晚都会用蔬菜汤帮他擦洗身子，所以这家伙的身上老散发出一股淡淡的芜菁叶的气味。艾米莉小姐对罗锅儿的照顾到了匪夷所思的地步，但即便是这样，罗锅儿的身子骨儿还和以前一样孱弱，没什么长进。他的下半截身体还和以前一样七扭八歪、羸弱不堪，似乎艾米莉小姐给他好吃好喝滋生的营养全去了他的脑袋和背上的那口"锅"里。艾米莉小姐也没什么变化，平日里还穿着那双蹚沼泽地的靴子和工作服。不过到了星期天，她会换上一条深红色裙子。那裙子穿在她身上显得很不自然，好像奇装异服。她还是喜欢和人打官司，但是不再像以前那样动不动就给别人"挖坑儿"，也不再那么心狠手辣非得榨取一大笔钱才善罢甘休。因为罗锅儿那么愿意和人打交道，艾米莉小姐也不再把自己关在家里，开始更多地参加教会活动、葬礼等等。她的医术和以前一样了得。如果说她以前酿的酒好得不能再好，那么现在酿出来的只会比以前更好。咖啡馆不仅帮他们赚到了钱，还成了这一带唯一的能让人们找乐子聚会的地方。

现在我们挑选些日常片段，来描述一下艾米莉小姐和莱蒙表哥这几年是怎么过的。在冬日早晨的漫天朝霞里，艾米莉小姐和罗锅儿一前一后去黑松林打猎。在艾米莉小姐的田地里，这个被她称为莱蒙表哥的罗锅儿站在田间地垄，两手空空什么也不干，却对那些工人指手画脚，指摘他们干哪些活儿时偷懒了。秋天的下午，艾米莉小姐和罗锅儿坐在院子后面，齐心协力砍着甘蔗秆儿。赤日炎炎的夏季，沼泽地里处处可见绿意浓郁的水杉树，两个人躲到枝蔓交错的树下，迷迷糊糊地度过凉快的一天。如果两个人走到中途碰到一处泥泞的沼泽，或者一条污浊发黑的小河，艾米莉小姐就会蹲下，让罗锅儿爬到身上，背着他走过这一段难走的路。每到这时，罗锅儿总是紧紧地趴在艾米莉小姐的肩头，脑袋挨着她的耳朵，蹭着她的额头。有时候艾米莉小姐也会拿着曲柄发动起那辆福特牌汽车，带着罗锅一起去齐霍看场电影，要不就去远点的地方逛一次集市或者看场斗鸡比赛。每逢这时，罗锅儿都是一副欢天喜地的模样。当然，每天早晨，两个人都会准时出现在咖啡馆里。这两个人还可以一连几个小时坐在楼上客厅的壁炉旁，什么也不干，只是聊天。据说罗锅儿一到晚上就会身体不舒服，还特别怕死，害怕一个人面对黑暗。为了不让罗锅儿害怕，艾米莉小姐才这么在意这间咖啡馆的生意，因为这可以让他心情愉快，不再沉浸在孤独的情绪中，就能轻松地度过漫漫长夜。由我刚才讲的这些事情，您可以大致拼接出这些年艾米莉小姐和罗锅儿的生活画面了吧。不管怎么说，请容我先把这事搁在一旁，以后再说。

　　我觉得现在应该就艾米莉小姐和罗锅儿的事儿向读者做出解释。也就是说，我们先得谈谈爱情这事儿。每个人都能看出来，艾米莉小姐爱上了她的莱蒙表哥。这两人同住一幢屋子不说，还总是一副形影不离的架势。用麦克菲尔太太（这娘儿们鼻子上长了颗瘊子，手脚一刻都不消停，隔三岔五就要挪动一下屋子里的家具）和其他几个好事者的话说，艾米莉小姐和罗锅儿生活在罪恶之中。假若这两人有了那种事，那不是作孽吗？要知道他们可是关系很近的表兄妹。当然，两个人是不是亲戚也难说，没什么证明啊！艾米莉小姐是一个身高超过六英尺、五大三粗的女人，而她的莱蒙表哥是个身体孱弱、个头只到她腰际的驼背。不过对于麦克菲尔太太和她那些狐朋狗友来说，这么不般配的两个人要是有了那种事情，她们自然会带着一种高高在上的优越感看待这两个可怜人。"就让这两人好下去吧！"镇子上的好心人这么说。他们说，如果这两个人彼此感到对方给予了自己肉欲上的满足感，那完全是他们自己和上帝的事情。镇子上其他比较讲理的人只同意前半部分，至于那后半部分，他们直截了当地给出了自己的观点：不是！这两个人怎么会有爱情呢？

首先，爱情是存在于两个人之间的一种共同的体验。不过，说它双方共有，并不意味着两个人的体验是对等的。事实上，在恋爱的双方中，总有一方是爱人者，而另一方是被爱者，而且这两者似乎来自不同的世界。被爱者唯一的作用是撩拨起对方那经年累月蛰伏内心的爱情。爱人者因为知道对方在心里的位置，所以从灵魂深处感觉爱更像是一种单方面的事情。他陷入一种从未体验过的孤独情绪中，同时不得不承受这种情绪带给他的痛苦。但他还是要求自己保留住这份爱。为此，他的情感世界变得更加内敛，感情由于积聚而更强烈，他便在这种从未经历的感情中独自一人苦苦挣扎。而且我还要再加上一句，我们所说的爱人者并不仅仅指那些一门心思攒钱买结婚戒指的年轻人，而是包括任何一个生活在这个世界上的人——无论成年男女还是孩童。

被爱者也可以是任何一个人。世界上最稀奇古怪的人也可能成为被爱者。一位耄耋老者，即使已经是曾祖父了，依旧可以对二十年前在齐霍街头见到的陌生女子念念不忘；一位牧师可以爱上一个堕入风尘的女子。即便爱人者心知肚明对方不过是一个臭名昭著、坏得流油的家伙，也丝毫不会影响到爱情本身。一个最平庸的人，也有可能得到宛如沼泽地里的毒百合般热烈狂放的爱情。一个好人也许会陷入一段充满暴力、龌龊不堪的爱情里。一个嘴里唠唠叨叨的疯子也许会触碰另外一人灵魂深处柔软的地方，唤起他对简单快乐的爱情生活的向往。如果这么分析的话，我们完全可以说，一段爱情是否美好，其实只取决于爱人者那一方。

正因为如此，大部分人都愿意充当爱人者，而不是被爱者。几乎所有人都愿意选择去爱一个人，而不是被别人爱上。简单点说就是，每个人都很难容忍自己在爱情中充当被爱者的角色——虽然这句话谁都不愿意说出来。而那被爱者呢，他们往往对爱人者既恨又怕，理由是对方让自己喘不过气来。而爱人者呢，他们一心一意要和被爱者在一起，即使这种努力让自己痛苦也在所不惜。

我前面提到过艾米莉小姐结过一次婚，现在该说说这段离奇的婚姻了。这段婚姻是很久以前的事，也是艾米莉小姐在遇到罗锅儿之前，仅有的一次和异性之间的情感交集。

那时候的镇子和现在相比大同小异，唯一的区别是当时只有两家店铺而不是三家，沿街歪歪扭扭的桃树也不像现在这样高大。当时艾米莉小姐十九岁，父亲刚刚过世。镇子上住着一个叫马文·梅西的织机安装工，是亨利·梅西的哥哥。在镇子上的人看来，这俩人是同胞兄弟本身就让人觉得不可思议。马文·梅西是本地长得最好看的男人——身高六英尺一英寸，肌肉结实，一头漂亮的卷发，一双浅灰色眼睛透着股慵懒的劲儿。因为工资高，他一直过得不错。这家伙有块金表，后盖画着一道瀑布。以俗人的眼光看，马文·梅西是个幸运的家伙，因为他不用巴结谁就可以过得很好。但如果严肃认真地审视一番的话，你会觉得马文·梅西不值得羡慕嫉妒，因为他内心很龌龊，名声也不比这一带那几个不学好的少年好到哪儿去。他还是少年时，就曾在一次斗殴中用剃刀把对手的耳朵割下来，然后拿盐巴腌了，举着它到处炫耀。他还常常跑到松树林里抓松鼠，抓到后便把它们的尾巴剁下来，据说目的仅仅是自娱自乐。他的左屁股兜里常年装着一把禁用的大麻叶，用来诱惑那些意志消沉不想活下去的人。可是，即便他在这一带名声很臭，还是有女人喜欢往他跟前凑——其中颇有几个漂亮女孩，她们年轻，头发润泽，不仅眼神温柔得不得了，屁股还长得小巧玲珑、十分诱人。马文·梅西玷污了这些女孩的贞洁后，不仅不遮遮掩掩，还四处炫耀让她们蒙羞。可是令人想不到的是，马文·梅西在二十二岁那年，竟然看上了艾米莉小姐——这个很少和别人交往、胳膊腿长得干巴巴的、两只眼睛有点毛病的女孩儿。虽说他的爱来得很突然，但也算单纯，至少和艾米莉小姐钱多钱少没有半点关系。

爱情改变了马文·梅西。爱上艾米莉小姐之前，他在人们的眼里是一个既没心肝也无灵魂的混蛋。不过马文·梅西之所以成为一个混蛋，和他的身世有很大关系。作为打小便被父母遗弃的七个孩子当中的一个，马文·梅西一出生便已走了背运。他们的父母——一对年纪尚小的"野鸳鸯"，压根不喜欢孩子，更不配为人父母，却年年为这个世界添一个小生命。对这样一对只想钓鱼或者跑去沼泽地厮混的父母来说，孩子无疑是讨厌的东西。每天晚上从织布厂回到家，他们看自己孩子的眼神仿佛在问这是从哪里来的小鬼儿。这些可怜巴巴的孩子从小便知道，哭泣只能招来父母一顿暴揍。他们在这个世界学会的第一件事，就是找到房间最阴暗的角落，蜷缩起身体以保护自己免受拳脚之苦。他们个个消瘦羸弱，像是白头发的小鬼儿。他们从不和人说话，就是彼此之间也很少交谈。终于有一天，这对父母彻底遗弃了这些孩子。从此以后，这几个孩子的死活，就要仰仗镇子上是否有人愿意伸出援助之手。

孩子们被遗弃的那年冬天寒冷无比，日子十分难熬。织布厂已经三个月没开工了，放眼望去，镇子上一派凄凄惨惨的景象。好在这镇子上的大多数人家做不到见死不救，他们不允许自己眼睁睁地看着这些被遗弃的白人孩子消失于大街尽头，自生自灭。后来，几个孩子的命运是这样的：最大的孩子当时已经八岁，去了齐霍，从此不见踪影——也许这孩子上了一辆拉货的火车，闯荡世界去了，谁知道呢？另外三个孩子则由镇子上的人家轮流喂养，因为体质虚弱，没等到复活节就离开了人世。剩下的最小的两个孩子便是马文·梅西和亨利·梅西，兄弟俩最终被一户人家收养，收养人叫玛丽·哈尔，是一个好心眼的女人。她对这两个孩子视若己出，不但把他们带到家里和自己一起住，还一心一意地照顾他们长大。

　　每个儿童都拥有敏感纤弱的心灵。倘若他们在人生之初便不得不面对严酷的现实，那么这颗心很容易因为受到伤害而扭曲变形，最终变成一颗坚硬无比、表面坑洼的桃核儿。还有另外一种情况，那就是这颗心会化脓溃烂，最后成为身体的病恙。而带着这样一颗心生活的人，常常会为一些在外人看来无关痛痒的小事而兀自神伤、悲不能已。亨利·梅西便是这样的人。长大后，他成了这个镇子上最温和可亲的人。他把自己的工资借给那些不走运的人。咖啡馆开业后，每逢星期六，他便帮那些去咖啡馆享清闲的父母照顾孩子。虽然他不善言辞，但任何人都能从他脸上察觉出他的内心其实苦涩无比。马文·梅西则和亨利·梅西正相反，他长成了一个厚颜无耻、无所忌惮且冷酷无情的人，一颗心比撒旦头上的犄角还要坚硬几分。在爱上艾米莉小姐之前，他只给弟弟和那个养大他的女人带来两样东西：耻辱和麻烦。

　　但是爱情改变了马文·梅西。在爱上艾米莉小姐后的两年里，他从未向她说过一句表白的话，只是默默地爱着她。人们常常看见他手里捏着帽子站在艾米莉小姐家的门口，一双灰色的眼睛里流露出温顺、渴望和犹豫不决的神色。他开始学着重新做人，学着善待弟弟和养母，学着不糟蹋钱，学着小心地把自己的工资攒下来存着。更重要的是，他开始信仰上帝。星期天，他不再靠弹吉他打发日子，而是去教堂参加祷告，场场不落。他学会了如何彬彬有礼地待人接物，比如说给女人让座，也不再动不动找人打架，或者嘴里不干不净、骂骂咧咧，随便就蹦出几个神圣的字眼。两年过去了，他成功地甩掉了恶名，性格也变好了很多。

两年即将结束的某天晚上，他手拿一把从沼泽地里采来的野花和一枚银戒指，还有一麻袋猪肉灌肠，去找艾米莉小姐，向她表白了自己的心意。

艾米莉小姐接受了马文·梅西的爱情。很多人都对艾米莉小姐答应马文·梅西的求婚这事儿感到奇怪。有人说，艾米莉小姐之所以同意，是因为结婚可以让她得到礼物。也有人说，艾米莉小姐同意，是因为受不了那位住在齐霍的姑姥姥的唠叨——要知道那老太太可是个厉害人儿！不管是因为什么吧，总之艾米莉小姐身披一件黄缎子面儿的婚纱（那是她早已去世的妈妈留下来的，足足比她的身材短了十二英寸）和马文·梅西在教堂宣了誓，又堂堂正正地一起走出教堂大门。那是一个冬天的下午，澄澈的阳光从教堂镶嵌着红宝石的玻璃窗透进来，照在圣坛前的新人身上。当台上的牧师宣念誓词时，艾米莉小姐突然做出一连串奇怪的动作，只见她抬起胳膊，手不停地在婚纱上蹭来蹭去——众人知道她那是把婚纱当成了工作服，依着习惯去摸口袋。因为没有摸到口袋，艾米莉小姐的脸上露出了不耐烦、厌倦和恼怒的神色。婚礼上的那一套（牧师宣讲誓词，新人做祷告）刚一结束，艾米莉小姐就一个人（连新婚丈夫的手臂也没挽，而且比丈夫至少快了两步）着急忙慌地走出了教堂，走下台阶。

艾米莉小姐的屋子离教堂并不远，所以这对新婚夫妇是一起走着回家的。有人说，艾米莉小姐在路上便开始念叨刚刚和农民谈好的柴火生意。可以说，她对待新婚丈夫的方式，和对待那些来店里买酒的客人没什么两样。不过一切还算顺利，镇子上的人都为这对新人高兴，毕竟他们看到了爱情对马文·梅西的影响，都盼着结婚后新娘会改改性子，别再像以前那么脾气火爆，还有，再长胖些（刚结婚时，新娘子一般都会长几斤肉），彻底变成一个居家过日子的娘儿们是最好不过了。

但是他们想错了。据那天晚上躲在窗根听房的小伙子们说，新郎和新娘到家后先吃了一顿饭菜丰美的晚餐，那是一直在艾米莉小姐家帮佣的黑人老杰夫做的。新娘每道菜都多添多吃，新郎却挑拣着草草吃了几口。吃完后新娘便又像往常一样去忙事情，包括读报纸、给店里添点货等等。新郎则一直空着两手站在门口，一脸幸福地看着新娘忙前忙后。而新娘只顾自己忙，很少理会傻傻站在那里的新郎。时间到了十一点，新娘端灯上了楼，新郎紧跟在后面。到那时为止，一切还算过得去，但接下来发生的事情就没那么美好了。

不到半个小时，身穿短裤和卡其布夹克的艾米莉小姐阴沉着脸噔噔跑下楼来。她黑着脸走进厨房，用力关上房门，又极不雅观地补上一脚。做完这些后，她的气似乎才消了些。接着，她拨着了炉子里的火，挨着坐下，把脚放在炉盖上取暖。这之后，她一边喝咖啡一边读那份叫作《农业年鉴》的期刊，还点着父亲留给她的烟斗猛抽了一通。抽完烟后，她的脸上恢复了平常那种果敢刚毅的神色，脸色也渐渐由青转白，最后彻底恢复了平时的肤色。这期间她还拿起笔摘抄《农业年鉴》的内容。黎明时分，她去了自己的办公室，把盖在打字机（她不久前买的，刚开始学习使用）上的罩子取下来，打起字来。这就是艾米莉小姐的新婚之夜。等到天大亮的时候，她没事人似的去了院子，继续编那个上个星期开始着手并打算编完后卖掉的兔笼。

对于一个新郎官来说，如果不能和深爱的新娘行云雨之欢，还搞得整个镇子人人皆知，他心里的郁闷可想而知。第二天早晨，马文·梅西从楼上走下来时还是一身婚礼上的装扮，但脸色却大不一样。他快快不乐，仿佛生了场大病。看来只有上帝知道他那一晚上是怎么过来的。他在院子里走来走去，无精打采地看着艾米莉小姐忙前忙后，却一直和她保持着距离。将近中午的时候，他似乎想起了什么，一个人朝着社会城的方向去了。回来时，他身上多了几样礼物——一枚宝石戒指、一瓶粉红色的指甲油（一个当时很流行的牌子）、一个银镯子（镯子上有两颗心的图案）和一盒特别贵的糖果（总共花了他两块五毛钱）。艾米莉小姐打量了一下这些美好的礼物，却只拆开了糖果盒，原因很简单，她饿了。她用敏锐的目光估算了其余几件礼物的价值，把它们摆在柜台里，作为出售之用。当天晚上，艾米莉小姐的表现和前一天晚上大同小异。不同的是，她把一张父亲睡过的床垫拖到厨房里，在炉子附近放好，然后躺上去，在这张临时搭成的床上睡了个好觉。

日子就这样过了三天。艾米莉小姐还是和平常一样忙忙碌碌，一副歇不下来的样子。镇上这时开始传一个消息，说政府可能会在那条大街往前十英里的地方修一座大桥，看得出，艾米莉小姐很感兴趣。马文·梅西依旧和妻子保持着距离，内心的痛苦和煎熬在他脸上一览无余。第四天的时候，他做了一件极其愚蠢的事情。他去了齐霍，请回来一位律师，然后在艾米莉小姐的办公室里，把自己在这个世界上的所有财产都签到了她的名下，包括他用辛辛苦苦攒下的钱买来的十英亩林地。艾米莉小姐看着那些文件，表情沉着地研究了半天，确定没有什么陷阱后，镇定地把这些纸放进办公桌的抽屉里。那天下午，马文·梅西闷头喝了四分之一瓶的威士忌，日头高照时只身一人去了沼泽地。到了晚上，他带着醉意，眼窝湿漉漉地回到家，上楼找到艾米莉小姐，把手放在她的肩膀上，似乎想和她说什么。但是还没等他张嘴，女方猛地转身，一记拳头朝他脸上挥去。这一拳力道很大，把马文·梅西打得整个人贴到了墙上，掉了一颗门牙。

接下来的事情只能和您大致交代一下。经过这第一次交锋后，艾米莉小姐便养成了对马文·梅西挥拳头的习惯，只要见他想凑近（一臂之内的距离）或者喝醉了，就会揍他。终于，在拳头的威胁下，他离开了那间屋子。这一做法无异于逼迫马文·梅西当着全镇居民公开自己的痛苦。白天的时候，他在艾米莉小姐的地盘外缘晃悠。有时候，他找来一杆来复枪，坐在那里一边擦枪，一边目不转睛地看着艾米莉小姐，脸上满是魂不守舍的疯癫表情。谁都不知道艾米莉小姐是否害怕，即便她心里害怕，脸上也没露出一丝半点来。那张脸看上去更刚毅了，而且，她开始冲马文·梅西吐唾沫。而马文·梅西呢，他做了最后一件傻事——某天深夜从窗户爬进艾米莉小姐的屋子，在楼下呆呆地坐了一个晚上，直到第二天早晨艾米莉小姐下楼时才离开。艾米莉小姐见此，立即马不停蹄地去了位于齐霍的法庭，本以为可以告马文·梅西个"非法闯入罪"，把他关起来。结果马文·梅西当天便悄无声息地离开了镇子，从此不知去向。临走时，他给艾米莉小姐写了封长信，塞在门底下。信一半用铅笔一半用钢笔写成，依旧是一封表白爱情的信，虽然里面的内容有点让人难以理解，还夹杂了威胁的成分，因为他在信里发誓说这辈子一定会让艾米莉小姐偿还她对自己的伤害。就这样，马文·梅西和艾米莉小姐的姻缘只维持了十天的时间。对于这个结果，镇子上的人并没有大失所望，相反，他们还为亲眼看到一个人如何被传言和暴力摧毁而感到沾沾自喜。

艾米莉小姐得到了马文·梅西的全部财产，包括他的林地、金表等。但是在外人看来，艾米莉小姐并不把这些东西当回事儿，因为当年春天，她便把马文·梅西那件三K党长袍剪开，盖了地里的烟草苗。想想马文·梅西，他一心一意对艾米莉小姐好，把自己的东西送给她让她富上加富。可艾米莉小姐呢，她提到他时总是露出一副挖苦的表情，就连"马文·梅西"这几个字都轻易不提，而是一脸轻蔑地用"那个和我结婚的织布机修理工"这样的字眼来代替。

再后来，有关马文·梅西犯罪的消息陆续传来。那些消息让人听了不寒而栗，只有艾米莉小姐不仅无动于衷，还挺高兴。没有了爱情的羁绊，马文·梅西很快便暴露出本性。他抢劫了三家加油站，用一把锯断了枪管的枪抢劫了社会城里的A&P商场，就连臭名远扬的"眯眼儿"山姆被谋杀一案也和他的名字扯上了关系——人们怀疑他有作案嫌疑。他的恶劣行径很快尽人皆知，他成了一个被通缉的罪犯，名字和照片出现在州里的各大报纸上。后来警察抓住了他。被捕时，他烂醉如泥，躺在一家小旅馆的地板上，吉他丢在一旁，右脚的鞋里剩了五十七块钱。审判之后，他被押到亚特兰大附近的一所监狱里关了起来。艾米莉小姐听到这消息时更高兴了。

这就是关于艾米莉小姐的那段婚姻的故事，是很久以前的事了。这桩离奇的婚姻倒是让镇子上的人欢乐了好长时间。读者如果从表面看，只会觉得这个故事很荒唐,并为故事里的人感伤。但是有一点您要记得,这故事里所包含的喜怒哀乐,其实只在爱人者的灵魂里上演过。所以说,除了上帝,谁也没有资格在这样的爱情故事(或其他爱情故事)面前,扮演至高无上的评判者的角色。在咖啡馆开业的第一个晚上,有人突然想起了那个可怜的新郎官;他曾经伤透了心,现在被关在数英里之外阴森森的监狱里。在随后的几年里,这里的人也一直没有忘记马文·梅西,但他们从来不会在艾米莉小姐和罗锅儿面前提及这个名字。不过,对他遭遇爱情时表现出来的激情的回忆,和对他犯下的罪行的铭记,以及对他如今身陷囹圄的感慨,如影随形地隐藏在艾米莉小姐现在所拥有的快乐生活,和咖啡馆那一派其乐融融的画面里。

咖啡馆存在的这四年里,楼上的房间一直保持原样,和艾米莉小姐父亲在世时一模一样,没什么变化——也有可能自打她爷爷起,这楼上的大部分摆设就没动过。这三个房间,正如众人所知道的那样,总是打扫得一尘不染,连最小的物件都摆在应该在的位置。艾米莉小姐的仆人杰夫每天早晨都会把家具摆设从头到脚仔仔细细地擦上一遍,拂去上面的灰尘。现在最前面的那个房间属于莱蒙表哥——当年马文·梅西被允许待在艾米莉小姐的屋子里时,曾在这个房间住过几个晚上。在马文·梅西之前,这是艾米莉小姐父亲的房间。房间里摆着一个大衣橱、一个写字台,上面盖着硬挺挺的带花边的白色亚麻布,另外还有一张大理石面的桌子和一张大床。床的四角矗立着四根雕花黑檀木床柱,床上铺着两床羽毛床垫,放着一个大靠枕,还有一些手工饰品。这张床很高,床底下放了一架两级木梯。以前没有人用这架木梯,但是莱蒙表哥住进来后,每天晚上都要把它拉出来,踩着爬到床上。除了木梯,床底下不容易看见的角落里还放着一个画着玫瑰花的瓷尿盆。打磨细致的深色地板上没有铺地毯,窗户上挂着颜色鲜艳的钩着花边的窗帘。

客厅的那一边是艾米莉小姐的卧室。房间不大,里面的摆设很简单。松木做的床看上去十分狭窄。房间里也有个橱子,里面放着艾米莉小姐的衣服——短裤、衬衫、星期天穿的裙子。至于那双去沼泽地穿的靴子,她在壁橱上钉了两个钉子挂了起来。房间里没有窗帘,没有木地板,也没有任何装饰用的物品。

两间卧室之间的客厅则装饰得非常讲究。壁炉前摆着一张黑檀木做的沙发,沙发上罩着装饰用的绿色丝绸,那绸子看上去有些年头了。除了沙发,房间里还摆着一张大理石面的桌子、两台"歌唱者"牌缝纫机、一个插着潘帕斯草的大花瓶。总之,客厅里的摆设无不昂贵而气派。房间里最重要的家具是那个有着玻璃门的大柜子,里面放着好些个珍宝古玩。艾米莉小姐自己也有两件宝贝放在里面,一件是一颗水栎树上结的橡果,另一件是放着两颗小小的灰色石头的盒子。无事可做的时候,艾米莉小姐总会把那个小盒子拿出来,从里面取出那两块石头,走到窗口仔细地打量。每到这时,她的脸上便显出一种复杂的神情,掺杂着迷恋、某种说不清道不明的毕恭毕敬和畏惧。这两块石头是艾米莉小姐身上的结石,是多年前齐霍的一位医生从她的肾中取出来的。那是一次可怕的经历,而艾米莉小姐从中只得到了这两块小石头。她把这两块石头保存好,并且在莱蒙表哥来后的第二年,把它们串在一条怀表链子上送给了他。至于那颗水栎树的橡果,艾米莉小姐也视若珍宝,但是每次盯着它看的时候,她的脸上却显出难过和迷惑不解的表情。

"艾米莉,这个对你意味着什么呀?"莱蒙表哥这样问她。

"什么意味着什么?这只是一颗橡果呀,"她回答他,"是我在爸爸死去的那天下午捡到的一颗橡果。"

"什么意思?"莱蒙表哥追问道。

"意思就是,爸爸去世的那天,我在地上看见了它,把它捡起来放进口袋里。我也不知道为什么要捡它。"

"这听上去真是奇怪。"莱蒙表哥说。

艾米莉小姐和莱蒙表哥在楼上的谈话通常发生在天刚亮的几个小时内,原因是他睡不着,而且这样的情况不在少数。艾米莉小姐很少主动说点什么,更不会因为脑子里突然冒出的念头而絮絮叨叨地说个没完。不过她也并不是一个完全缄默不语的人,碰上喜欢聊的事情(艾米莉小姐喜欢聊那些已经思考了十几年但依然找不到答案的事情),她也是一时半会儿打不住。莱蒙表哥正相反,他总是主动挑起话头儿,想到啥聊啥,任何话题都能引起他的兴趣。两个人的聊天方式也大相径庭。艾米莉小姐声音压得很低,说出来的每句话都好像经过推敲。而莱蒙表哥喜欢突然揪住谈话里的一个小细节,像只喜鹊似的问来问去,而他关心的往往是些无足轻重的小事。艾米莉小姐喜欢聊的事情有:星星,为什么黑人的皮肤那么黑,癌症的最好的治疗方式是什么,等等。内容海阔天空、不受羁绊。除此之外,对父亲的回忆也是她常常提起,而且一说起来就打不住的话题。

"哎，洛①，那些日子我总在睡觉，天黑点灯时就去睡了。我睡得很死，感觉自己像被裹在暖烘烘的轮轴机油里。第二天天一亮，爸爸就走进来，晃晃我的肩头叫我起来。'起来了，小家伙。'他这样对我说。然后他就去生火，家里很快就变得暖烘烘的。再后来他站在厨房里冲着楼上喊：'烤玉米饼好喽！还有白肉和肉汁、熏肉和鸡蛋！'喊完了他就去外面的压水井旁洗脸。我冲下楼去，在温暖的炉子旁穿好衣服。然后我们吃早饭，吃完了就一起去酿酒作坊或者其他什么地方——"

"今天早晨的玉米饼太难吃了！压根没花时间好好烤，饼里面一点都不热。"莱蒙表哥这样回应她。

因为罗锅儿怕冷，艾米莉小姐家的壁炉里一年四季都生着火。两个人坐在壁炉前聊天时，罗锅儿常常裹着一条毛毯或者他那条绿色的羊毛围巾，脚从椅子边耷拉下来，有一搭没一搭地蹭着地板。艾米莉小姐坐在那张高一点的椅子上，两条腿往前伸得老长，对罗锅儿说着她的父亲："那些日子，爸爸在出酒的时候……"只要说起父亲，她便打开了话匣子，能一直说下去。

只有在罗锅儿面前，艾米莉小姐才会提起自己的父亲。这或许是爱他的一个体现。她非常信任罗锅儿，什么事儿都不瞒他。她告诉他记录威士忌埋藏地点的本子放在哪里，告诉他银行存折和古董柜钥匙藏在哪儿，还允许他从收银机里拿钱，想拿多少就拿多少，她知道罗锅儿喜欢听硬币在口袋里发出的叮叮当当的声音。她几乎把所有东西都给了罗锅

---

① 艾米莉小姐对罗锅儿的昵称。

儿，因为只要罗锅儿去她屋里，她总会找件东西当作礼物送给他，最后她都没有什么可以拿出来的东西了。不过，她虽然信任罗锅儿，但从来没有和他说起过那只维持了十天的婚姻，马文·梅西的名字从来没有出现在两人的谈话中。

从莱蒙表哥第一次来到这个镇子算起，日子慢悠悠地过了六个年头。这一年八月的某个星期六，太阳炽热地烤了一整天，天空像是着了火，直到傍晚时分才隐隐透出些淡青色。这黄昏时才有的淡青色天空给人们带来片刻安宁。大街上铺了足足有一英寸厚的沙土，隐隐闪着金光。半裸着身体的小孩子在玩耍嬉闹，浑身汗涔涔的。他们不停地打着喷嚏，一副燥热不安的模样。织布厂中午时分就停工了。大街两旁，男人们和手里拿把扇子的女人坐在门口的台阶上消闲纳凉。艾米莉小姐家的门前立着写有"咖啡馆"三个大字的广告牌，莱蒙表哥在后院忙着做冰激凌。他先取出盐和冰，把搅拌器拿出来后用舌头舔舔，看上面挂霜了没有。杰夫则在厨房里忙乎着。艾米莉小姐一大早就开门迎客，把当天的饭菜招牌挂在前廊上，招牌上写着："今晚鸡肉饭——两毛钱。"此时艾米莉小姐已经在办公室里忙完了好多事情。咖啡馆里的八张桌子坐满了顾客，房间里回荡着机械钢琴叮叮当当的声音。

亨利·梅西坐在角落里的一张桌子前，面前放着一杯酒——这倒不太常见，因为他喝完酒后不是唱个没完就是哭个没完，所以轻易不喝酒。

他脸色苍白，如果谁惹他生气，左眼皮的肌肉就会动不动抽搐几下。他悄悄溜进来，有人打招呼也不吭声。亨利·梅西旁边坐着霍洛斯·维尔的儿子，这孩子一大早被送到艾米莉小姐这里治腿上的疖子。

艾米莉小姐兴冲冲地从办公室里出来，先是去厨房交代了几件事情，然后手里捏着一个煮熟的鸡屁股（这是她最喜欢吃的东西）走回店里。她环顾了一圈，确认一切太平后走到亨利·梅西的桌子旁坐下。她把椅子掉了个个儿，两腿张开跨坐在上面。看样子她并不忙，也不准备马上吃饭。艾米莉小姐从工装裤的屁股口袋里掏出自己配置的"万能咳嗽药"（用威士忌、冰糖外加一种她从不示人的东西配置而成），拧开瓶盖，让那个孩子喝了几口。然后她转过身看着亨利·梅西，看到他的左眼一直在抽筋似的眨着，便问道：

"你哪里不舒服？"

亨利·梅西似乎想说什么，却什么也没说，只是深深地看了艾米莉小姐一眼。

艾米莉小姐扭头去看那孩子。孩子小脸烧得红红的，脑袋搁在桌子上，眼睛半睁半闭，嘴微微张开。这孩子腿上长了个又大又硬又肿的疖子，父母把他送到艾米莉小姐这里，想让她帮忙挑破。艾米莉小姐怕挑疖子时吓着孩子，便让他一早就来店里待着，中间时不时喂他点甘草，或者给他灌点自制的"万能咳嗽药"。到了吃晚饭的时候，她给那孩子围上餐巾，从自己的盘子里分了一点食物给他吃。那孩子不停地转着脑袋，从左转到右，再从右转回来，看上去很不舒服，喘气的时候嗓子眼里时不时发出呼噜呼噜的声音。

这时咖啡馆里突然喧闹起来，艾米莉小姐抬头瞟了一眼店里，原来是罗锅儿昂首阔步地从外面走了进来。罗锅儿走到店中央停住了，敏锐地打量了一眼周围的客人，似乎在思量说点什么活跃一下店里的气氛。罗锅儿是个喜欢挑事儿的人，不声不响就能挑拨店里的客人干上一仗。两年前，因为罗锅儿的挑拨，瑞内兄弟俩为一把大折叠刀打了起来，到现在还不说话。瑞普·威尔伯和罗伯特·加尔文·哈尔大打出手也是因为罗锅儿掺和。可以说，自打他来了这个镇子，几乎每次斗殴都少不了他的挑唆。他不光爱挑事儿，还喜欢打听事儿，镇子上每个人的那点私事他都知道二三。不夸张地说，他只要醒着，就在打探别人的隐私。不过奇怪的是，罗锅儿虽然毛病不少，但是这个咖啡馆之所以这么兴隆和他有很大关系，但凡有他的地方，气氛就很热闹。每当他走进店里，客人马上就来了精神，因为谁也不知道这么一个大忙人光临，自己又会惹上什么事儿，咖啡馆里又会发生点什么事儿。这里的人对骚乱或者灾难这样的事情都趋之若鹜，不仅如此，他们似乎还挺愿意看到别人倒霉。所以那天罗锅儿大踏步地走进咖啡馆里，站在那里打量周围，店里的客人立刻窃窃私语起来，有的客人还兴奋地喝起酒来，开酒瓶子的声音夹杂在人语声中。

胖子麦克菲尔也在店里，和莫里·瑞恩以及亨利·福特·克林普坐在一张桌子旁聊天。罗锅儿朝胖子挥挥手说：“我今天去罗德湖钓鱼了。走在路上，脚下突然碰着什么东西。一开始我以为那是一截倒了的大树干，踩上去后，那树干突然动了一下。我定睛一看，原来是条鳄鱼。这鳄鱼粗得像头大猪，身子足有从前门到厨房这么长。"

他自顾自地说着，咖啡馆里有人在听他说话，有人压根没有听，偶尔也有人抬头看他一眼。有时候，罗锅儿的话一听就是吹牛和骗人的玩意儿，比如说今天晚上这些话就没一句真的。因为扁桃体发炎，他今天在床上躺了一天，下午很晚的时候才爬起来，跑到院子里捣鼓了几下做冰激凌的机器。所以他根本就是在说谎！众人知道罗锅儿爱说假话，所以并没有多少人上心听，可他站在屋子中间吹起牛来没完没了，还是让人感到头皮发麻。

艾米莉小姐手插在裤兜里，也不看罗锅儿，而是把头扭向一边，似乎正在暗自偷笑，那双与众不同的灰眼睛里透着温柔。偶尔她会扫视一遍咖啡馆里的客人——骄傲的神情里暗含着威胁的意味，好像在说，谁敢看罗锅儿的笑话，她就不客气。这时候，杰夫把做好的饭盛在盘子里端了上来，那台新买的电扇给店里送来阵阵凉风。

"这小东西睡着了。"亨利·梅西终于开口了。

艾米莉小姐看了一眼身旁的病人，脸上恢复了面对病人时常见的表情。那孩子的下巴搁在桌子上，嘴角流出一抹哈喇子（也许是艾米莉小姐的"万能咳嗽药"），刚才半睁半闭的眼皮现在彻底合上了，有几只蚊蚋在他眼角飞来飞去。艾米莉小姐用手摇摇那孩子的脑袋，没有动静，他睡着了。艾米莉小姐搀着孩子去了她的办公室，一路上十分小心，生怕自己的手碰着长疖子的地方，弄疼他。亨利·梅西跟在他们后面，几个人进去后，带上了门。

莱蒙表哥那天晚上有点无聊。咖啡馆里虽然热烘烘的，但气氛一直很友好。亨利·福特·克林普和霍洛斯·维尔两个人互相搂着肩膀坐在店中央的那张桌子上,嘻嘻哈哈地开着玩笑。罗锅儿走过去也想加入,却因为错过了开头而插不上嘴。溶溶的月光洒在那条满是尘土的大街上,夜色中那几棵桃树看着矮了许多,像几团沉甸甸的黑影。空气中没有一丝风,从沼泽地那边传来蚊子的嗡嗡声,像是沉闷夜晚自身发出的回声。整个小镇都沉浸在黑暗里,只有大街右边有一点灯火远远地在摇曳闪动。夜色里传来一个女人高亢的歌声,歌声没头没尾,在黑暗里飘来荡去,似乎想到哪儿唱到哪儿,整首歌只有三个音符。罗锅儿倚着栏杆盯着大街尽头,好像是在盼望有什么人远远走来。

这时他身后传来脚步声,接着一个声音传来:"莱蒙表哥,晚饭给你放桌子上了。"

"我今晚胃口不太好,"罗锅儿说,"嘴里感觉酸酸的。"——这也难怪,罗锅儿一整天都在从那个鼻烟壶里掏甜食吃。

"少吃点,"艾米莉小姐说,"只吃点鸡胸、鸡心、鸡肝啥的。"

于是两个人一起回到灯火通明的咖啡馆里,和亨利·梅西坐在一起。这是咖啡馆里最大的一张桌子,上面放着一个可口可乐的空瓶,瓶子里插着一束从沼泽地摘回来的百合花。艾米莉小姐刚才在办公室里给那孩子治完了病,这时候正沉浸于对自己手艺的心满意足中。艾米莉小姐抱那孩子去了办公室后,里面不久便传来几声迷迷糊糊的抽泣声——等那孩子醒来害怕地哭叫,艾米莉小姐已经做完了手术。现在,那孩子已伏在父亲的肩上进入了梦乡。他睡得很沉,两条小胳膊耷拉在父亲的背后,胖胖的小脸蛋红红的——父子俩准备回家了。

亨利·梅西还是不说话。他吃得很小心,几乎不发出任何咀嚼声,迥异于莱蒙表哥的狼吞虎咽。虽然刚才罗锅儿声称自己不饿，但是上桌后他没有丝毫胃口不好的意思，反倒是一份接一份大口地吃着。偶尔，亨利·梅西抬头瞥艾米莉小姐一眼，然后继续默不作声地吃他的食物。

这是一个很常见的星期六夜晚。一对从乡下过来的老夫妇手拉手站在门口的街上，犹豫了一会儿走了进来。因为在一起生活了很多年，两个人看上去很像，像一对双胞胎。他们的皮肤让太阳晒成了褐色，干巴巴的，活像两颗会走路的花生。这一对夫妇吃完后就离开了，将近午夜的时候，大部分客人都走了。咖啡馆里只剩下几个人，有正在玩象棋的罗斯·克林和莫里·瑞恩，还有一个人坐在桌旁自斟自饮、嘀嘀咕咕的麦克菲尔（他老婆不让他在家喝酒）。亨利·梅西也没有走，这倒很稀罕，因为他属于天黑后就马上回家上床躺着的那种人。艾米莉小姐又困又累，打了个哈欠，但看到罗锅儿还是一副精神振奋的样子，便没有说马上关门。

终于，午夜一点钟的时候，亨利·梅西仰面朝天说了一句："我几天前收到一封信。"他这话是对艾米莉小姐说的，口吻异常平静，但眼睛却一直看着天花板的一角。

艾米莉小姐没觉得收到封信是什么了不起的事情，她常常接到一些商业信函、广告什么的。

"我收到一封我哥哥的信。"亨利·梅西继续说。

罗锅儿把一双手抱在脑袋后面，像一只鹅那样摇摇摆摆、晃头晃脑地在咖啡馆里踱着步。听到亨利·梅西的话，他突然站住了。他是那种很善于捕捉周围气氛的人。他扫了一眼咖啡馆里几个人脸上的表情，似乎在等他们说点什么。

艾米莉小姐的眉头皱了起来，右手握成了一个拳头。"挺好。"她说。

"他获得了假释，从监狱里出来了。"

艾米莉小姐的脸瞬间沉了下来，虽然周围很热，但是她的身体竟然在发抖。莫里·瑞恩和胖子麦克菲尔推开手里的象棋，咖啡馆里瞬间变得静悄悄的。

"谁假释了？"罗锅儿问道，那两只苍白的似乎长在头顶上的大耳朵一下子支棱起来，"你在说什么？"

艾米莉小姐猛地把手往桌面上一拍。"马文·梅西是——"她的声音突然变得嘶哑起来，且没有说完便顿住了，过了一会儿，才继续道，"他应该在监狱里过完下半辈子。"

"他犯了什么罪？"罗锅儿又问。

众人沉默着，谁都不知道该如何回答罗锅儿的问题。终于，胖子麦克菲尔说了一句："他抢了三家加油站。"他说话时语气迟疑，犹犹豫豫，仿佛不确定自己该不该这么说。

罗锅儿流露出不耐烦的神情。他是一个事事都要打听的人，哪怕是一件谁都不愿意说的惨事也不会放过。马文·梅西对他而言是陌生的，这个名字的出现，和任何一件别人知道而他一无所知的事情（比如关于那间被拆毁的锯木厂，关于可怜人莫瑞斯·范因斯廷，以及任何在他到来之前发生的事情）一样，挑起了他的好奇心。他可不能容忍自己被蒙在鼓里！除了天生好奇心强外，罗锅儿似乎还对抢劫等各种犯罪行为特别感兴趣。他在店里踱着步，嘴里嘟嘟囔囔地说着"假释"和"监狱"

这样的字眼,显然在追问众人。但咖啡馆里没有一个人敢当着艾米莉小姐的面,议论马文·梅西的那些事,所以罗锅儿还是一头雾水,一点收获都没有。

"信里没说什么,"亨利·梅西说,"他也没说出来后要去哪儿。"

"哼!"艾米莉小姐脸色阴沉,目光变得冷峻,"他甭想让他那对裂开的蹄子踏进我的屋子半步。"

说完她用手猛地一撑桌子边,就势把屁股下的椅子往后一推,站起来准备关门。不过马文·梅西这个名字显然让她多了几分小心,当晚她把收银机拖到厨房里,放在一个外人不容易瞧见的角落里。亨利·梅西走了,身影消失在大街尽头的夜色里。亨利·福特·克林普和莫里·瑞恩后来又跑到艾米莉小姐家的前廊上站着,但没待多久便离开了。后来莫里·瑞恩声称,他那天晚上就预感到事情不妙,但是镇子上的人都没把他的话当回事儿,因为他们深知他就是这样的人,见惯不惊。艾米莉小姐和莱蒙表哥两个人去了楼上,在客厅里聊了好一阵儿。终于,罗锅儿说他想睡了,艾米莉小姐赶忙帮他放下蚊帐,看着他祷告完毕才离开。她穿上那件长睡衣,在客厅里吸了两袋烟,过了好久才睡着。

那年秋天是段快乐的时光。地里庄稼长得喜人,叉瀑市场上的烟草价格也一直很好。经历了漫长炎热的夏天后,秋季的初始几天显得格外凉爽,风和日丽,空气里弥漫着一股甜甜的味道。那条尘土飞扬的大街旁开满了黄色的小花。甘蔗成熟了,甘蔗秆变成了紫色。每天,齐霍那里都会开来一趟巴士,拉着镇子里的几个孩子去联合小学上学。也经常有男孩子跑去松树林里打狐狸。晾衣绳上挂着冬天要盖的被褥。人们在土豆地里铺了厚厚的一层麦秸秆，好帮助刚长出来的秧苗抵御即将到来的寒冷天气。夜幕降临时，家家户户的烟囱上方都飘荡着炊烟，又大又圆的月亮高高地悬在秋天的夜空中。再没有比秋天刚刚降临到人间这几天更安宁的日子了。夜深人静的时候，夜色中回荡着北上的列车经过社会城时发出的鸣笛声，悠扬动听。

对于艾米莉小姐来说，秋天是一个忙碌的季节。她从早忙到晚，一刻都歇不下来。这个秋天，她给酿酒作坊添了一台蒸馏器。用上后，只需一个星期的时间就可以制作出足够供应全县人家的美酒。家里那匹老骡子因为天天都要拉磨（磨酿酒用的高粱），所以总是一副晕头晕脑找不着北的模样。艾米莉小姐还洗了很多广口瓶，用开水烫得干干净净，在里面腌上桃酱。她一心盼望着霜冻赶快到来，因为她已经买好了三口肥猪，就等着霜冻这一天杀猪，做一大堆的烤肉、灌肠和香肠。

这几个星期，人们发现艾米莉小姐变了好多。她喜欢笑了，那笑声像是低低的动听的铃声。就连她吹出的口哨也好听了很多，旋律里充满了活力，让人听了还想听。她似乎更喜欢炫耀自己的力气了，动不动就提很重的东西，还时常用指头摸摸自己的二头肌。有一天，她居然坐在打字机旁，开始写故事，里面既有外国人，也有陷阱机关和许多金钱。莱蒙表哥总是两手空空地跟在她身后，而她看他的时候，脸上自然而然地露出一种明朗柔和的神色，连声音里也充满了柔情蜜意。

终于，第一拨严寒的天气来临了。某天早晨醒来，窗棂上结满了冰花；草地上也蒙上了一层霜花，隐隐地闪着寒光。这天早晨，艾米莉小姐点着炉子，待火烧旺后走出家门，想看看天气如何。空气冰冷冰冷的，浅绿色的天空上没有一片云。很快，咖啡馆里就聚满了客人，人们和艾米莉小姐打了招呼，便开始聊起了天气。艾米莉小姐狠了狠心，决定就选这天把那头最肥的猪杀了。消息立刻在镇子上传了开去。很快，屠宰干净的肥猪被抬进那个用来烤肉的坑里。等到坑里的橡树枝被点着，艾米莉小姐家的院子里立刻青烟弥漫，中间还夹杂着一股热烘烘的烤猪血的味道。空气里充溢着众人的说话声和踢踢踏踏的脚步声。艾米莉小姐则忙着给众人发号施令，安排活儿干。

这时候，艾米莉小姐突然记起自己在齐霍还有些事情没做。杀猪、烤猪一系列事情已经忙得差不多了，她便摇起曲柄发动起汽车准备离开。她本来想带上莱蒙表哥，可她问了足足七遍，他却一声不吭。罗锅儿一向喜欢热闹，这时候不想离开人群。艾米莉小姐有点犯难，因为她去哪儿都喜欢带上他，还有，只要离开家去远一点的地方，她很快就会思念起待在家里的好处来。但是考虑到自己已经问了七遍，她也就不再勉强。不过在离开以前，她找来一根棍子，在离那个烤猪肉的坑大约两英尺的地方画了一个圆圈，告诉莱蒙表哥不要超出这个圈子。然后，她没吃饭便离开了，并打算在天黑之前回家。

那时候从齐霍那边开来一辆小汽车或卡车，并不是什么稀罕事儿。每年都有收税官坐车来镇上，然后找到艾米莉小姐这样的有钱人，为收税的事情吵上半天。还有，如果镇子上的人，比方说像莫里·瑞恩这样的家伙，异想天开地说自己要贷款买辆车子，或者预付三块钱，搬回一台在齐霍的商店橱窗里才看得到的漂亮冰箱，没过多久准会有人从城里来到镇子上，询问莫里·瑞恩好多问题（纯属多管闲事），然后发现莫里·瑞恩财务上的麻烦，于是莫里·瑞恩想用分期付款的方式拥有某件东西的计划便彻底泡汤。有时候，拉着苦役犯的卡车会穿过镇子，特别是他们被押来修叉瀑公路的那段时间。还有，在这条路上，经常有开车路过镇子的人下来问路。所以，那天下午接近傍晚的时候，人们看到一辆卡车经过织布厂，然后停在离艾米莉小姐家不远的地方，并不感到诧异。一个男人从后车厢里跳了下来，之后卡车便开走了。

男人站在路中间打量着四周。这是一个高个子男人，一头棕色的卷发，深眼窝，蓝眼睛，嘴唇红润，步子懒散。他笑的时候只微微抬起一侧嘴角，给人的感觉是他连笑也懒得用力，那是一种喜欢吹牛的人常常会露出的微笑。这人穿一件红色衬衫，腰上系着一条很宽的手工皮带，手里拎着一只锡质行李箱和一把吉他。第一个看见他的人是莱蒙表哥。听见路上传来发动机的声音，他便跑了出来。不过他只是从房子拐角处探出脑袋，并没有走到路上来。莱蒙表哥和那人的视线对了个正着。通常情况下，两个陌生人遇到一起，总要快速估摸一下对方是何许人。但他们的目光有所不同。事实上，他们好像只是彼此交换了个眼色，仿佛是一对曾经是旧相识的罪犯相遇，彼此心照不宣。这之后，穿红衬衫的男人耸了耸左肩，掉转头走了。罗锅儿脸色苍白，目送他沿着大街向前走去。过了一会儿，他迈腿追了上去，远远地跟在对方身后。

马文·梅西回来的消息很快传遍了整个镇子。据说他先去了织布厂，把胳膊肘撑在窗台上看着厂子里的生产场面，像所有二流子那样，一脸轻松地看着别人在那里汗流浃背地干活。正在里面工作的人们都愣住了，一个个不知如何是好。染布的工人离开了染缸，纺纱工人和织布工人忘了操作机器，就连身为工头的胖子也是一副不知所措的模样。马文·梅西似笑非笑，即使遇见他的弟弟，也照样摆出那副吹牛皮的人脸上惯见的表情。离开织布厂后，马文·梅西又去了大街尽头抚养自己的那户人家，把行李箱和吉他扔在前廊，没进家门直接去了织布厂的大水塘。这之后他去了教堂，在门口徘徊了一阵，然后参观了那三家商店和镇子上其他一些地方。罗锅儿一直跟着马文·梅西，距离不远不近，手插在裤兜里，脸色依旧苍白。

天色将晚，血红的太阳正在一点一点地落下，西边的天空被晚霞染成了金色和深红色。雨燕纷纷钻进自己建在破旧烟囱中的巢，灯光从家家户户的窗户里透出来。在咖啡馆后院，那个烤全猪的坑还在冒着火星和缕缕青烟，空气里弥漫着浓浓的烤肉的香味。马文·梅西绕着镇子转了一圈后，重新来到艾米莉小姐家的门口。他先是扫了几眼前廊上的咖啡馆招牌，然后毫不犹豫地进到院子里。这时候从织布厂那里传来细长的孤零零的下班哨声，很快，亨利·福特·克林普、莫里·瑞恩、胖子麦克菲尔几个人出现在艾米莉小姐家的后院。在院子的边缘，还远远地站着其他几个人和一群儿童，看着马文·梅西他们。马文·梅西一个人站在烤猪肉坑的这一边，那几个人挤在另一边，罗锅儿自己站在一处，离其他几个人都很远。其间很少有人开腔，罗锅儿的眼睛没有离开过马文·梅西的脸。

"你在监狱过得还好吗？"莫里·瑞恩傻呵呵地笑着问马文·梅西。

马文·梅西没有说话。他从裤子口袋里掏出一把很大的刀子，在屁股上蹭了蹭。这下莫里·瑞恩不笑了，忙忙地走了几步，躲到大块头的胖子身后。

艾米莉小姐很晚才回到家中。隔着老远,院子里的人就听到那辆车发出的咔喇咔喇声,接着传来关车门的声音和东西撞击地面的声音,好像是她在拉拽什么东西上房前的台阶。夕阳消失在天际,天空中飘浮着几缕青烟。不一会儿,艾米莉小姐出现在台阶上,院子里的所有人屏息敛声,等着看她抄起家伙喊叫着把马文·梅西赶出镇子的那一幕。但艾米莉小姐显然没有看见院子里的马文·梅西,因为她的脸上挂着长途奔波后刚到家时那种放松、轻柔的笑容。那是属于她的很自然的笑容。

艾米莉小姐肯定是同时看到马文·梅西和莱蒙表哥的。她看看这个,又看看那个,最终目光落在了莱蒙表哥的身上,而不是那个刚从监狱里出来的二流子的身上。原因很简单,罗锅儿站在那里的样子吸引了所有人的目光,包括艾米莉小姐。

罗锅儿远远地站在坑的那头儿,堆放着橡树枝条的火坑发出微光,映照着他苍白的脸。罗锅儿有一个很了不起的本事,每当他想讨好某人时,便往那儿一站,身子一动不动,稍微使点劲儿就可以让那两只苍白的大耳朵快速地来回摆动。每次他想从艾米莉小姐那里讨要东西时,便会用这招讨好她。而她似乎很难抗拒莱蒙表哥的这一绝招,总是有求必应。此时,罗锅儿站在坑的那一头儿,两只耳朵剧烈地来回扇动着,不过这一次他的视线不是朝着艾米莉小姐,而是直勾勾地落在马文·梅西的身上。他嘴角微微咧着,脸上露出一种急不可耐的讨好的表情。终于,一直没拿正眼瞧他的马文·梅西冲他瞟了一眼,抬起大拇指指了指,说:"这个断脊梁的家伙有毛病吗?"

在场的人一律不说话了。罗锅儿似乎意识到刚才那一招没有产生任何效果,于是开始了新一轮的攻势。只见他快速地眨着眼睛,深陷在眼窝里的两片眼皮,像是两只被困绝境、拼命扑腾翅膀的小白蛾;两只脚不停地在地上刮来刮去,两只手挥舞着,好像在跳舞。在傍晚的微光中,他像极了一个在沼泽地惶惶出没的小鬼儿。

可是马文·梅西无动于衷,看来并不知道罗锅儿是在讨好自己。

"这小个儿是在抽风吗?"没有人回答,他走上前去照着罗锅儿的太阳穴给了他一下。这一巴掌彻底打晕了罗锅儿,他趔趄了几步,一屁股跌坐在地上。不过他还是仰头看着马文·梅西,用尽最后力气有气无力地动了动那两只苍白的大耳朵。

这时候,每个人都朝艾米莉小姐看去。虽然这几年镇子上确实有人想揍罗锅儿,但也只是想象而已,从不敢动他一根毫毛。镇子上的确有人骂过罗锅儿,不过只要他骂了,就甭想再从艾米莉小姐那里赊账。不仅如此,艾米莉小姐会记恨很长一段时间,想着法儿地给他点颜色瞧瞧。所以,如果这时艾米莉小姐抄起一把斧子劈了马文·梅西的话,院子里的人也不会觉得奇怪。好在艾米莉小姐并没有做什么,她只是面露恍惚之色,站在那儿一动不动。

对于艾米莉小姐脸上的恍惚神情,这里的人并不感到惊讶。作为一个医德良好的医生,艾米莉小姐从不把从沼泽地采来的植物根茎或者从来没有试验过的药物随便给病人吃,即便她觉得对症,也是先拿自己做试验。这么说吧,每次找到或者制成一种药物时,她往往会在头天吃下,第二天则不停地在从咖啡馆到后院厕所之间的小路上来来回回地走。走着走着,她突然站住,眼睛盯着地面,两只拳头紧紧地攥起来。这意味着那药物在她体内发生作用,翻搅着某个器官。而她在琢磨究竟是哪个器官受到了影响,这种药究竟可以治疗哪种疾病。那天晚上,她就是带着这种神情看着罗锅儿和马文·梅西,好像在探究身体里哪儿在疼——当然,那天她什么药也没吃。

"给你点教训,断脊梁的东西!"马文·梅西说。

亨利·梅西把耷拉在额前的一缕头发往后捋了捋,嘴里发出一串紧张的咳嗽声。一旁的胖子和莫里·瑞恩用脚不停地刮着地面。远远站在院子边缘的那些孩子们和几个黑人也不再出声,静静地看着发生的一切。马文·梅西收起手上的刀子,满不在乎地打量了一眼周围的人,吊儿郎当地走出了院子。坑里堆放的树枝刚才还散发出琥珀色微光,这时候已经烧成了层层叠叠的灰烬。夜幕降临,天,彻底黑了下来。

这就是马文·梅西从监狱回来当天的情形。对于他的归来,镇子上没有人感到高兴,就连满怀爱心把他养大的好心眼的妇人玛丽·哈尔也一样。这位养母见到马文·梅西,眼里立刻涌出泪来,手里抓着的平底煎锅也掉到了地上。但是已经没有什么能打动马文·梅西的心了。他坐在哈尔家后门的台阶上，懒洋洋地拨着吉他。晚饭时间到了，他拨拉开家里的其他孩子，先走到饭锅前给自己盛上一大碗，也不管锅里的饭根本不够大家吃。吃完后，他便在前面的房间里最舒服暖和的地儿躺下来，呼呼大睡。

那天晚上，艾米莉小姐的咖啡馆没有开门。她小心地锁好所有的门窗，然后便消失了。和她一起消失的还有莱蒙表哥。不过，艾米莉小姐房间里的灯亮了一个晚上。

正如人们预料的那样，马文·梅西一回来便给镇子带来了坏运气。第二天，天气竟然热了起来，而且从大清早起来就十分闷热。人们身上黏糊糊的。从沼泽地那里吹来的风挟带着一股腐烂的味道。织布厂的大水塘上面飞舞着密密麻麻嗡嗡叫的蚊子，仿佛在上面织了一面网。这个季节应该比八月份要宜人，可事实并非如此。反常的天气给家家户户造成了损失。县里凡是养猪的人家都学着艾米莉小姐的样子杀猪做灌肠，可是现在天气一热，那些灌肠根本保存不住。没过几天，空气里便弥漫着腐肉的臭味，恶心得不得了。除此之外，还发生了一件更糟糕的事情——离叉瀑公路不远的一户人家聚在一起吃了一顿烤猪肉，结果全家一个不剩都去见了上帝。事实明摆着，他们吃了不好的肉。这件事带来的后果就是，谁都不敢说自己买到的肉肯定是好肉。人们既渴望吃上味道上佳的猪肉，又害怕因为吃到坏肉而丧命。镇子上的人被这种纠结的情绪折磨着，真是左右为难，只好眼睁睁地看着那些肉白白地坏掉。

可是造成这些乱象的罪魁祸首——马文·梅西却没有一点羞愧的迹

象。周一到周五，他趴在织布厂的窗户上盯着正在干活的人群看个没完。到了星期天，他穿着红色衬衫，拎着吉他在路上闲逛。他看上去依旧英俊——棕色头发，红润的嘴唇，宽而强壮的肩膀。但是鉴于他是一个恶贯满盈的大坏蛋，所以漂亮的面孔也不算啥了。而且这里的人衡量他的恶，已经不仅限于他所做过的坏事。对，他抢了三家加油站，而且之前，他还玷污了这个县里最娇嫩的女孩儿的贞洁，还嘲笑她们。可以说，他做的每件事情都对他不利。但是除了上述罪状外，他还有另外一个可以被视为罪状的特征，那就是他身上总带着一种卑鄙下流的气息。这气息就像是他身上的气味一样，牢牢地黏着他。还有一件事也可被视为罪状，那就是他从不出汗，即便是在八月，光这一点也够人琢磨一阵的。

现在的他在镇上人的眼里似乎更危险了。大家认为他一定是在亚特兰大的监狱里学了蛊惑人的本事，不然如何解释莱蒙表哥的行为呢？罗锅儿自打第一次见到马文·梅西，就似乎被一种超自然的东西迷住了心神。他似乎分分钟都想吸引他的注意。他形影不离地跟在马文·梅西后面，可马文·梅西不是恶狠狠地对他，就是不搭理他。这样的态度让罗锅儿有时候不得不止住跟随的脚步，一个人跑到前廊上，伏在栏杆上面，脸上堆满了愁容，活像一只瑟缩在电线上的小鸟。

"为什么你要这样？"艾米莉小姐问罗锅儿。她瞪起那双内斜视的眼睛看着他，双手攥成拳头。

"噢，马文·梅西，"罗锅儿呻吟着说道，他内心在哭泣，可能是因为说出这个名字中断了哭泣的节奏，所以他不由自主地打了个嗝，"他去过亚特兰大呢。"

艾米莉小姐摇摇头，脸色更加冷峻，眼神也愈发地阴郁。需要交代给读者的是，艾米莉小姐从来都不愿意把时间花在旅游上。在她看来，那些为了去亚特兰大而特意给自己安排一趟旅程的人，那些只为了看一眼大海而跑了五十英里的人，纯属吃饱了没事干。她看不起这样的人。"去亚特兰大能说明什么？"

"他还在监狱里待过。"罗锅儿那张楚楚可怜的小脸上写满了渴望和艳羡。

对于罗锅儿羡慕马文·梅西蹲过监狱这事儿，还能和他吵一架吗？反正罗锅儿的想法彻底把艾米莉小姐搞糊涂了，而且糊涂到说话的语气也软了下来。"去过监狱？莱蒙表哥，为什么你连这也羡慕呢？那可不是拿来吹牛的资本。"

这几个星期，镇子上的人都在关注着艾米莉小姐的一举一动。艾米莉小姐看上去有点心不在焉，脸上漠然的表情让人想到她试验那些新药时的恍惚神情。不知道出于什么原因，自打马文·梅西回到镇子的那天起，她便不再穿工作服了，成天穿着那件过去只有在星期天或者参加葬礼、出席法庭时才会穿的红裙子。又过了几个星期，艾米莉小姐似乎想设法应对一下局势，不过她的举动又很费解。如果说罗锅儿整日跟在马文·梅西后面让她受到了伤害，那为什么她不直截了当地对罗锅儿摊牌，告诉他再这样下去，就把他赶出自己的屋子？那样的话，事情岂不是简单很多？而罗锅儿也肯定不敢再造次，因为他必不想像以前那样居无定所。但是此时的艾米莉小姐似乎丢失了她惯有的意志力，平生第一次尝到了犹豫不决的滋味，不知道自己要怎样做。而且，就像很多做事犹豫不定的人一样，她最终选择了最糟糕的行事方式——同时选择了好几种办法，而这些办法却是彼此矛盾的。

咖啡馆还是像往常那样开到很晚。奇怪的是，看到身后跟着罗锅儿的马文·梅西大摇大摆地走进店里，艾米莉小姐不仅不轰他出去，还堆起笑容好吃好喝地免费招待他——不过她脸上的笑容看上去相当滑稽。与此同时，她在沼泽地那边设下陷阱，马文·梅西一旦掉进去，必死无疑。有一次，她让罗锅儿邀请马文·梅西星期天来吃饭，并在台阶上做了点手脚，想让他下台阶时狠狠地跌上一跤。她想尽办法讨莱蒙表哥的欢喜——带着他去各种各样的闹市，哪怕路途很远；开车去三十英里外参加集会；带他去叉瀑公路看游行。她费时费力地讨好罗锅儿，可在镇子上的人看来，艾米莉小姐不过是在重蹈愚人的覆辙而已。每个人都在等待好戏上演的那一天。

天气开始变冷，严冬终于降临了。白天变短，短到织布厂的下班哨声一响天就黑了。天黑后，孩子们要穿上所有的衣服睡觉才能御寒，妇女们则撩起裙子下摆，背对着炉子，眼神迷离地烤着身子。再后来下了雨，大街上出现一道道上冻的车辙。到了晚上，家家户户的窗户里散发出微弱的光。桃树光秃秃的。夜幕降临时，镇子上黑漆漆一片，而咖啡馆成了最温暖的地方，里面的灯火是那么明亮，四分之一英里以外也可以看见。房间后面的大铁炉子烧得正旺，不时发出煤裂开的声音。艾米莉小姐还给窗户买了红色的窗帘挂上，后来又从路过镇子的商贩手里，买了很大一捧纸玫瑰摆在店里，看上去十分逼真。

咖啡馆温暖，精心装饰，灯火通明，因而为镇子上的人所珍爱。但这不是唯一的原因，还有一个更深层次的原因。那便是自打咖啡馆开业后，人们的内心开始有了一种骄傲感。您若想明白这种骄傲的心态，就必须先对生命的卑微有所了解。在这个镇子上，有不少人是奔着织布厂的工作来的，但这工作并不能让他们过上温饱不愁的日子。在这里，大多数的人家只是在苦苦撑着——为了活着而苦苦撑着。这个世界上存在着一个让人费解的事实：所有用得着的东西都有个价钱，掏钱才可以得到，这是世界运行的规律。对于普通人来说，你只需知道这一事实就行，犯不着搞明白为什么一捆棉花卖这个价，而一夸脱糖浆则是另外一个价格。可是还从来没有人给人的生命标过价。我们不用付任何报酬便得到了自己的生命，所以当它被拿去时也没有人为它买单。那么，生命的价值是多少呢？如果你看看周围，仔细地想想，就会发现人的生命根本就不值钱，甚至可以说微不足道。特别是当你汗流浃背地努力过，却发现自己一无是处，内心深处肯定会冒出一个念头：自己这条命压根没有什么价值。

而咖啡馆的存在却让镇子上的每一个人（包括小孩子），发现了自己内心那引以为傲的东西。你不是必须吃顿晚饭或者喝瓶酒才可以待在这里。在这间咖啡馆里，一瓶冷饮只需五分钱！如果你连五分钱也掏不起的话，还可以买一杯艾米莉小姐称为樱桃汁的甜甜的粉色饮料，只要一分钱。镇子上除了受人尊敬的威霖牧师外，几乎所有人一个星期至少会来一次。孩子们连家都不想回了，他们喜欢在这里睡觉，还喜欢跑到别人的桌子上叨两口。在咖啡馆里，孩子们不再淘气，举止很有礼貌。大人们也是这样，他们坐在桌旁，看起来一本正经。来这里前，他们总要洗干净脸，进门时还不忘在门槛上礼貌地把鞋底的泥巴蹭干净。在这里，哪怕只有几个小时，你可以把自己那命不值钱的苦涩念头暂时搁置一边。

这间咖啡馆给单身汉、不走运的人和得肺结核的人带来了福祉。我们有很多理由相信罗锅儿是肺结核病患者。他那双灰色的眼睛看上去总是灼灼发亮，他固执，说起来话来没完没了，还咳个不停，似乎都和肺结核脱不了干系。另外，驼背的人不是有很多都是肺结核病患者吗？每次有人和艾米莉小姐提起罗锅儿可能是肺结核病患者，她总是很恼火，并当面驳斥他们，但背后却没少忙乎，又是给他胸脯上涂药膏，又是给他喝那些"万能咳嗽药"。今年冬天的天气更是让罗锅儿咳嗽的毛病雪上加霜，他常常咳得满头大汗。可身体上的不适并没有阻止他跟随马文·梅西的脚步。

几乎每天清早，他都要跑去哈尔太太家的后门，等马文·梅西出现。可马文·梅西是个懒蛋，所以往往是罗锅儿等了好久，还是见不到他的影子。实在急了，他便开始压低声音叫马文·梅西的名字，神情仿佛一个蹲在蚁蛉洞旁的儿童，手里用扫帚棍儿戳来戳去，嘴里还可怜巴巴地说着："蚁蛉蚁蛉快点飞，蚁蛉妈蚁蛉妈快出来。你家房子着火了，小蚁蛉就快给烧焦了。"他唤他的语气里既有哀求，也有诱惑和无奈。他几乎每天早晨都要这样做。等到马文·梅西终于出来了，他便跟上去。一天下来，两个人不是在镇子上晃悠，就是跑去沼泽地那里干些不为人知的勾当，一去便是老半天。

艾米莉小姐仍旧在做傻事，而且都是些傻得不能再傻的举动。每次莱蒙表哥离开家去找马文·梅西时,她从不拦着,而是站在大街当间,看着他渐渐远去的背影,脸上写满了孤独无助。每到晚饭时间,马文·梅西和罗锅儿都会准时出现在咖啡馆里,在那摆满了腌肉、鸡肉、玉米粥、冬豌豆的桌旁坐下。可艾米莉小姐呢?她竟然会主动打开梨酱罐头让他们品尝。是的,是有那么一次,艾米莉小姐想在食物里下毒,毒死马文·梅西。但是她不小心弄混了盘子,结果自己吃到了有毒的食物。还好,苦涩的味道让她马上察觉到自己犯了错,这才没有出大事。那天晚上,她基本没有吃饭,只是坐在桌旁,摸着自己胳膊上的肌肉,一脸恍惚地瞪着马文·梅西。

每天晚上,马文·梅西都跑到咖啡馆里,在店中央那张最大最好的桌子旁坐下,罗锅儿亲自给他端来酒,这样他就不用花钱买了。可他非但不领情,还总是像赶沼泽地蚊子那样挥挥手把罗锅儿拨拉到一边儿。如果罗锅儿挡了他的道儿,他还会反手给他一下子,嘴里呵斥道:"滚开,断脊梁的东西——要不我把你脑袋揪秃了。"每当看到他这样欺负罗锅儿,艾米莉小姐都会从柜台后出来,一步步走过去,拳头握得紧紧的。那件红裙子刚好到瘦骨嶙峋的膝盖那里,这让她的每一步都显得十分笨拙。而马文·梅西也不甘示弱,握紧拳头迎了上去。于是两个人面对面瞪着眼珠绕起了圈子,看起来颇像要动手比画一下。咖啡馆里坐着的那几个人以为这两人要打起来了,马上屏息敛声地等着,可是没有。他们想,看来今天还不是两人一决雌雄的日子。

镇子上的人回忆过去的事情时,常常要提到那个冬天,特别是那场雪。可以说,整个镇子都把这场降雪当成了不得的大事情。那年的一月二号,人们从睡梦中醒来,发现世界大变。小孩子懵懵懂懂地望向窗外,迷迷糊糊地哭了起来;老人则搜肠刮肚地想着自己前半辈子是否见过这样的一幕。雪是晚上降临到这个镇子的。午夜过后,暗沉的天空飘起了雪花,一片片温柔地落在人间。到了黎明时分,大地已经覆盖了一层白雪,教堂那暗红色的窗棂上堆着一溜儿积雪,家家户户的房顶上也被染成了白色,整个镇子看上去十分凄凉萧瑟。挨着织布厂的那几座工人住的房子在雪里更显得破败不堪,好像马上要倒塌似的,总之白雪下的建筑物仿佛缩了一圈,黑乎乎的没个样子。可即便这样,雪花还是让人领略到了美——那是住在这镇子上的人从没见过的一种美。雪不像北方人常说的那样是纯白色的,而是银色中透着点蓝,而灰色的天空在雪的映衬下隐隐地透出温柔的光泽。除此之外,飘落的雪花让人感到一种梦幻般的宁静——这个镇子多会儿有过这么宁静的时候?

  人们对这场雪反应不一。至于艾米莉小姐,她光脚站在窗户旁边,神色凝重地看着窗外,时不时活动一下脚趾,又把睡衣的领子往脖子上拉了拉。看了一会儿,她伸手拉下百叶窗,然后去每个房间挨个关上所有的窗户。做完这一切后,她点着油灯,神色庄严地在桌子旁坐下,瞪着面前的一碗玉米糁粥出神。艾米莉小姐做出这一番举动的原因很简单——她不是怕下雪,而是不了解下雪是怎么回事儿。她是这样的一种人——除非对某种事物或现象做到了如指掌(她常常可以做到),否则宁愿选择逃避或者不去理睬。她长到这么大从来没见过雪,也从来没想过下雪是怎么回事儿。但是一旦搞清楚下雪是怎么回事儿,她一定会做出某种决定,而不是选择逃避。因为那些日子发生了太多让她心神不宁的事情,所以艾米莉小姐只是在那间灯光昏黄的屋子里来回走动,好像外面并没有飘着雪花,好像什么事情也没发生过。罗锅儿却在房间里跑来跑去,兴奋之情溢于言表,当艾米莉小姐准备分给他一些早餐时,发现他已经溜出了大门。

马文·梅西在对下雪这事儿大发议论。他说他在亚特兰大时就见过下雪,走在大街上,片片雪花都属于他、听命于他似的。他笑话那些从家里小心翼翼地出来,铲几勺雪放在嘴里尝尝的小孩子。跑出来欣赏雪景的人还有威霖牧师,不过他看起来并不是那么开心——他正为如何把下雪编进自己的布道词里害愁。大部分人面对这难得一遇的奇景,都露出了谦卑而高兴的表情。他们说话的声音压低了不少,而且加上了很多不必要的"谢谢""请"这样的字眼。借着这场雪触动了人们内心情感的由头,镇子上几个没出息的家伙喝得酩酊大醉——还好这样的人并不多。对于其他人来说,这是个有意义的时刻,很多人数了数口袋里的钱,准备天一黑便去咖啡馆坐一坐。

莱蒙表哥一整天都形影不离地跟在马文·梅西身后。马文·梅西说一句,他便跟在后面说第二句,表达自己的赞叹之情。在他看来,雪花落下的方式和雨点是那么不同。他一边惊呼,一边迷迷瞪瞪地盯着那徐徐落下的给人以梦幻之感的片片雪花,有一次差点当街摔倒。可能是因为跟在马文·梅西身后,他的神情可以说骄傲得不行。因为那表情太明显了,好多人忍不住冲他喊道:

"车轮上的苍蝇发话了:'啊,我搅起了多大的一团尘土啊!'"

艾米莉小姐的咖啡馆那天没有提供晚饭,但是到了六点钟的时候,前廊传来脚步声,她还是小心地打开门。来的客人是亨利·福特·克林普。虽然没有现成的食物,艾米莉小姐还是让亨利·福特·克林普进来,递给他一瓶酒。其他人也陆陆续续地进来坐下。周围有一种忧伤苦涩的味道。虽然雪已经停了,但是从松树林方向吹来的一阵风卷起地上的雪花。直到夜深,罗锅儿才回到家里,当然还有马文·梅西。罗锅儿替马文·梅西拿着他的锡质行李箱和吉他。

"你们这是要出去旅行吗?"艾米莉小姐急急忙忙地问了一句。

马文·梅西在炉子旁坐下来,暖和过来后又坐到了桌子旁,小心地削着一根小木棍。削好后,他把小棍伸进嘴里剔牙,时不时拿出来打量一下棍子尖儿,再在衣袖上蹭两下。自始至终,他没有说一句话。

罗锅儿一脸自信地看着站在柜台后面的艾米莉小姐,一点都没有恳求的意思。他把两只胳膊背在身后,一双耳朵支棱着,小脸儿红彤彤的,眼睛里闪着光,衣服湿湿地贴在身上。"马文·梅西准备和我们住一段时间。"他说。

艾米莉小姐一句话都没有说。也许是罗锅儿的话让她感到冷,她从柜台后面出来,走到炉子旁烤起火来。如果屋子里有人,其他妇女烤火时都是把裙子稍稍撩起——大约一两英寸的样子。可是这样谨慎的烤火方式从来都不是艾米莉小姐的风格,她总是站在炉子旁高高地撩起裙子,露出一片汗毛浓重、结实异常的皮肤,好像根本不知道屋子里还有男人。总之只要你在屋里坐着,想看就看得到。过了一会儿,她转过头去,自言自语地说开了,一边说一边点头,额头上挤满了皱纹。虽然屋里的人听不清她在说什么,但是从语气判断,她是在指责谁。罗锅儿和马文·梅西相继去了楼上，先是在那个插着潘帕斯草、摆放着两台缝纫机的客厅里待了一会儿，又去了艾米莉小姐的房间（她从小就住在这里）。人们在楼下听着楼上那两个人来回走动的声音，以及开行李箱的声音，直到他们安静下来。

就这样，马文·梅西重新住进了艾米莉小姐的屋子。莱蒙表哥把自己的房间让给马文·梅西住，自己则睡在客厅的沙发里。但是因为下雪，他得了感冒，后来又转成扁桃体炎，艾米莉小姐便把自己的房间让给他住，自己睡沙发。可那张沙发太短了，睡觉时她只好把腿搭在扶手上，常常睡着睡着便从上面跌落到地板上。也许是因为睡眠不好影响了她的智力，每当她想折腾马文·梅西一下时，苦果却都落在了她的头上，情势反而越来越不利。可即便这样，她还是没有轰马文·梅西出门，因为她害怕如果自己这样做了，这屋子里就会只剩下她一个人。事情就是这样，如果你曾经和他人住在一起，肯定会对孤孤单单过日子怕得要死。想象一下，在一个生着炉火的房间，报时的钟声响起又突然停止，空荡荡的房间里一片死寂，只有你自己不安的身影——哪怕成天和敌人住在一起，也好过一个人形单影只地生活。

那场雪没有持续多久就停了。太阳出来了，两天的工夫，镇子上恢复了以前的模样。直到每一片雪花都消失得无影无踪，艾米莉小姐才打开屋门。她先屋里屋外彻底地打扫了一遍，然后把家里几乎所有的东西都搬到外面去晒太阳。但是在做这些之前，她先去了院子，把一根绳子在那棵楝树最大的枝杈上绑好，然后在绳端拴上一个装满了沙子的红色袋子。看来这是她给自己做的沙袋。打那以后，每天早晨都能看见她对着那个沙袋打来打去。她打小就会些拳脚，虽然步子不算特别轻捷，但懂得不少拳击战术。

我以前提到过，艾米莉小姐身高六英尺两英寸，马文·梅西比她矮一英寸。体重上两个人势均力敌，都是差不多一百六十磅。马文·梅西的优势在于步伐敏捷、胸部肌肉结实。单从表面上看，如果两个人打起来，优势应该在马文·梅西这边，可是几乎所有人都把宝押给了艾米莉小姐。他们还记得艾米莉小姐和叉瀑那个律师的战斗。律师想在文件上捣鬼，惹得艾米莉小姐找上门和他算账。律师虽然魁梧结实，却被艾米莉小姐揍了个半死。此外，除了在拳击上颇有天赋，她还有一个让人印象深刻的绝招——在打斗中向对手做鬼脸，发出尖厉的喊叫声（那叫声甚至可以吓着围观者），以此来摧毁对手的士气。再加上最近这段日子一向勇猛的艾米莉小姐总是对着沙袋练习拳法，所以他们对她充满了信心，并怀着这种信心等着决斗那一天的到来。当然了，谁也没有为这场决斗定个日期，人们只是等着，等着那战斗迹象彰显的一天。

在这段日子里，罗锅儿天天趾高气扬地四处溜达，小脸上一副欢天喜地的模样，心里却没少盘算如何在艾米莉小姐和马文·梅西之间制造事端。他常常伸出手弹弹马文·梅西的腿以吸引他的注意。但是对艾米莉小姐，他却学她走路的样子，笨笨的，甩着两条干瘦的腿。有时候他还故意做出斗鸡眼，模仿艾米莉小姐的某个动作，似乎她是个疯子。这些举动谁看了都不会舒服，除了马文·梅西会抬起一边嘴角轻声笑两下外，咖啡馆里的客人没有一个跟着起哄，就连一向傻呵呵的莫里·瑞恩也绷着脸。每到这时，艾米莉小姐的脸上便换了副凄凉的神情。她丧魂落魄地看一会儿罗锅儿,又转向马文·梅西,攥紧双拳恶狠狠地冲他嚷道:"让你笑破肚皮!"

这时,马文·梅西便摆出一副满不在乎的样子,从脚下拿起吉他,自弹自唱起来。也许是因为嘴里唾沫太多,从他嗓子里发出来的声音听着单薄不说,还有一种湿腻腻的感觉,像是滑滑的鳗鱼,一点点地扭动着身体在空气里行进。但马文·梅西很会唱歌,每首歌听上去都充满了诱惑和愤怒的意味。而艾米莉小姐则受不了这样的歌声。

"让你笑破肚皮!"她又喊了一遍,声音更大了。

但是马文·梅西早就准备好了,他用手把琴弦一捂——嗡嗡作响的琴弦一下子停止了颤动——用一种高高在上的傲慢语气回答道:

"你对我什么样,就会得到什么样的报应,呵呵。"

这时候艾米莉小姐往往只有沉默的份儿,既然骂他的话都会报应到自己头上,那她为什么还要骂呢?马文·梅西太了解她了,所以她对他没辙。

日子就这样过着。至于天黑后楼上的那三间房里都发生过什么,那是任谁也猜不透的一件事。咖啡馆的生意越来越好,又添了一张桌子,每天晚上客人多到不行。就连那位多年前便隐居沼泽地的瑞内·史密斯,也因为听说了这里的一些事情,在某天晚上特地跑来一探究竟。不过他只是在窗口露了个脸,若有所思地打量着咖啡馆里熙熙攘攘的场面。每天晚上,咖啡馆里都会上演艾米莉小姐和马文·梅西对峙的一幕,那简直成了最让人激动的事情。人们一看到他们两个握紧拳头,怒目圆睁,互相瞪着对方,便激动得不行。对峙往往不是发生在为某件事争吵之后,毫无来由，两个人就卷进这种局面之中，好像他们这样做完全是跟着感觉走的，总之很神秘，谁也说不清楚。每逢这时，咖啡馆里安静得只能听见那束纸玫瑰发出的窸窣声。这样的对峙天天都有，而且时间一天比一天长。

决斗发生在二月二号——土拨鼠日①。那天天气出奇地好，温度适中，不冷不热，既没有下雨，也没有大太阳晒着。种种迹象都表明，今天是艾米莉小姐和马文·梅西决斗的日子。艾米莉小姐早晨起来，直奔自己练拳的沙袋，割断了拴它的绳子。马文·梅西则一大早跑到屋子后面的台阶上坐下，把一个小罐夹在两腿之间，从里面掏出獾油把胳膊腿仔细地抹了个遍。再比如，那天早晨，小镇上空飞过一只大胸脯的鹰，在艾米莉小姐家的屋子上盘旋了两圈。咖啡馆里，桌子全给移到了后廊上，店里变得空空荡荡，看来这是要给决斗腾出地方来。总之，艾米莉小姐和马文·梅西一决胜负的时候到了！那天的午饭，两个人各吃了至少四份半生不熟的烤肉，吃完后各自找地方躺下休息，似乎在为决斗积攒力量。马文·梅西去了楼上最大的那个房间，艾米莉小姐则进了自己的办公室。她平展展地躺在那条长凳上，从那张冷峻发白的脸可以看出她并不习惯这样干躺着。但她并没有起来，而是双眼紧闭，双手交叉放

---

① 原文为 Ground Hog Day。在美国文化中，如果这一天艳阳高照，意味着这年的冬天会比往常多六个星期；如果这一天阴云密布的话，则意味着春天会提早来到。

在胸脯上，躺在那儿死人似的一动不动。

莱蒙表哥一天都没闲着。他的脸拉得老长。可那张绷得紧紧的脸掩盖不了内心的激动。早起的时候，他给自己准备了一盒饭，然后带着饭盒出了门，说要去找土拨鼠。一个小时后他回来了，带的饭也吃完了。他说土拨鼠看见他的影子就藏了起来，还说以后的天气准好不到哪儿去！艾米莉小姐和马文·梅西正躺着为决斗养精蓄锐，没人搭理他，于是罗锅儿便找来一种非常明艳的绿色油漆粉刷起前廊。这座屋子已经很多年没有粉刷过了——实际上除了上帝，谁都不知道以前是否粉刷过。罗锅儿这儿刷两下，那儿蹭两下，很快刷完了一半的地板，之后开始刷墙。一开始他只刷自己能够到的墙面，后来又站在一个纸箱子上刷高一点的地方。再后来油漆用完了，他不得不停止干活儿，浑身花花绿绿，沾满了油漆。这时前廊的地板还有一半没刷，而墙上也是东一块儿西一块儿，斑斑驳驳的。

对自己干的活儿，罗锅儿露出孩子似的满意表情。说到这里，我得向各位说件比较奇怪的事情，那就是在这个镇子上，没有人（包括艾米莉小姐）知道罗锅儿的真实年龄。有些人一直固执地说罗锅儿来到镇子那一年约莫十二岁，所以他还是个孩子；另外一些人则十分肯定地说罗锅儿早就过了四十啦。是！罗锅儿用那双蓝眼睛盯着人看时，安安静静的，颇像个孩子，但是双眼下面那半圈青紫色的阴影又说明他已经上了年纪。想从他身上背的那口"锅"上判断年纪不大可能。从牙齿上也看不出，因为他所有的牙都还在（有两颗牙齿因为咬山核桃掉了一块）。从牙齿的颜色上也看不出来，因为他总吃甜东西，所以牙齿上尽是斑块。

从罗锅儿嘴里也套不出他的具体年龄来,因为他会十分老到地告诉你,他也不知道自己在世间待了十年还是一百年。所以罗锅儿的年纪对镇子上的人来说,一直是个谜。

莱蒙表哥停止刷墙的那一刻,时间刚到五点半。空气里已经有了寒意,且闻起来有股潮乎乎的味道。一阵风从松树林那边刮过来,吹得家家户户的窗户咔喇咔喇直响。一张旧报纸被风吹得四处乱飞,最后卡在一棵带刺的树上。人群很快从四面八方拥来,有带着孩子开车过来瞧热闹的——车里时不时探出几个小脑袋;也有人是坐着马车过来的——拉车的骡子踢踢踏踏地沿着大街走来,眼睛半开半合,脸上似乎都带着一抹疲惫的酸楚的笑。

有三个小伙子是从社会城过来的,他们穿着黄色的人造丝衬衫,头上的帽子一律帽檐朝后。他们看上去像三胞胎,是斗鸡比赛和露营大会上的常客。到了六点钟,织布厂收工的哨声响起,工人全赶了过来。这帮工人里当然有一些不三不四的人,也有一些不爱张扬的人,不过整个人群保持安静。甚至可以说,整个镇子都沉浸在一派肃穆的气氛中。在若明若暗的光线中,所有人的脸看上去都是模糊的,像是陌生人的脸。夜幕似乎是一圈一圈地慢慢降临的,有一段时间天空呈现出一种清亮的淡淡的黄色。在这种光线的衬托下,教堂山墙的轮廓显得十分突兀清晰。之后天空渐渐地暗淡下去。终于,夜幕降临了。

"七"本身是个比较受欢迎的数字,对艾米莉小姐来说更是如此。打嗝喝七口热水,落枕绕织布厂的水塘跑七圈,打肚子里的虫子要喝七服"艾米莉神奇驱虫剂"——她的治疗方案里总离不开"七"这个数字。对于艾米莉小姐来说,这是一个存在很多可能性的数字,只要你相信奇迹和魔法的存在,便会重视"七"这个数字。所以众人认定决斗一定是七点开始,这一点毋庸置疑,就像他们看天便知会不会有雨,闻味便知是不是沼泽地那边过来的气味一样,自然而然且准确无误。所以七点之前,早早便有一大群人神色庄严地直奔艾米莉小姐家而来。脑瓜灵活的人提前溜进咖啡馆,靠墙挨个站好。剩下的人不是挤在前廊上,就是站在院子里。

艾米莉小姐和马文·梅西没有出现。艾米莉小姐在办公室休息好后便去了楼上。莱蒙表哥挤在人群里,不时紧张地打几个响指,眼睛不停地眨着。离七点钟只有一分钟了,他挤进咖啡馆,爬到柜台上。人群安静下来。

决斗这事儿肯定是提前做了一番安排的,不然艾米莉小姐不会在钟声敲到第七下时准时出现在楼梯尽头。马文·梅西则同一时间出现在咖啡馆的门口。两个人同时向对方走去,人群默默地让开一条路。这两个即将决斗的人虽然步子迈得不慌不忙,但是拳头已经握起来了,不过两个人的眼睛却是一副迷迷瞪瞪的样子。艾米莉小姐的红裙子不见了,身上换上了平时穿的那条工装裤。她光着脚,两条裤腿一直卷到膝盖以上,右手腕上戴着铁做的护腕。马文·梅西也高高地卷着裤腿,上半身裸露着,涂了一层厚厚的獾油;脚上的鞋一看就很重,那是他刚被放出来时监狱发的。胖子麦克菲尔从人群里站出来,用右手拍了拍两个人的屁股口袋,以确认双方都没有带刀。之后,咖啡馆的中间地带便只剩下艾米莉小姐和马文·梅西两个人。

没有任何预兆，两个人同时挥拳向对方打去，紧接着他们的下巴上都挨了对方一拳，两个脑袋同时向后仰了一下，脚下打了个趔趄，身体也跟着摇晃起来。在接下来的几秒钟之内，两个人开始尝试从不同的角度打出几记假拳。光洁的地板上，他们左挪右闪，不停变换着姿势。又过了几秒钟，两个人突然像野猫似的跳起，扑到对方身上，空气里立刻充斥着碰撞声、喘气声和脚从半空中落到地面上的声音。他们这一系列的快动作让众人看得眼花缭乱，根本分不清谁输谁赢。有那么一次，马文·梅西一拳头打中了艾米莉小姐。只见艾米莉小姐猛地往后仰了一下，脚步凌乱，整个人几乎跌倒。不过没多久，马文·梅西便挨了艾米莉小姐一拳，正好捣在肩上。这一拳打得他像陀螺似的连转了好几圈。可以说，在这场暴风骤雨般的决斗中，没有一方是弱者。

其实在这样一场你来我往、暴风骤雨般的打斗中，吸引人眼球的不只是眼花缭乱的战斗场面，还有那些跑来看这场比赛的人。咖啡馆里，那些前来观战的人一边尽力把身子贴紧墙壁，一边目不转睛地看着眼前的打斗。胖子麦克菲尔躲在角落里，身子瑟瑟发抖，拳头紧紧攥着，眼睛里流露出同情的目光，嘴里却不停地发出奇怪的声音。因为惊恐，莫里·瑞恩嘴巴张得老大，一只苍蝇嗡嗡叫着冲了进去，没等反应过来已经被他一口咽了下去。罗锅儿一直站在柜台上，看上去比咖啡馆里的所有人都要高。他把两只手放在胯上，大脑袋往前探着，两条细细的腿蜷着，膝盖向外鼓着。他的脸因为兴奋而涨得通红，苍白没有血色的嘴唇抖个不停。

半个小时很快过去了，虽然两个人已经打了上百个回合，但是依旧没有分出胜负。突然,马文·梅西抓住了艾米莉小姐的左肩膀,同时就势扭住她的左胳膊,要把它扭到艾米莉小姐的背后。挣扎中的艾米莉小姐抱住了马文·梅西的腰,这么一来,拳击比赛顷刻变成了摔跤比赛。在这个县里,摔跤是很常见的,原因是摔跤比拳击要简单得多,它不需要反应快,也不需要头脑灵活、注意力集中。直到艾米莉小姐和马文·梅西扭在了一起,人们才从刚才看拳击导致的眩晕中清醒过来。他们不再贴着墙壁,而是凑到两人跟前观赏起来。只见艾米莉小姐和马文·梅西胯对胯贴在一起,彼此用肌肉的力量抗衡着。两个人一会儿往前拧,一会儿往后撤;一会儿移到这边,一会儿又挪到那边;一会儿她占上风,一会儿他又扳回来。可即便打斗如此紧张,马文·梅西还是没有出汗,艾米莉小姐的衣服却给汗水浸得透湿。汗水沿着她的双腿滑落下来,在地板上留下一个又一个湿漉漉的脚印。如此可怕的使用蛮力的过程的确考验人的力量,而艾米莉小姐显然是比较强壮的那个。狡猾的马文·梅西身上涂了獾油,滑溜溜的,很难抓得住。可即便这样,围观的人还是可以看出艾米莉小姐比他力气大。终于,艾米莉小姐把马文·梅西压在了身下,一点点地把他的身体向地板上压下去。这真是一个让人不忍心看下去的场面,整个咖啡馆里只能听见这两个人嘶哑的喘气声。艾米莉小姐眼看就要赢了!她已经骑在了马文·梅西的身上,两只大手掐住了他的脖子。

说时迟那时快,就在艾米莉小姐即将打赢这场战斗的那一刻,咖啡馆里突然响起一声尖叫,那声音让所有人从头到脚顺着后脊梁骨打了个巨大的冷战。尖叫声过后发生的事情让人感到匪夷所思——虽然整个镇子的人都眼睁睁地看到了发生的一切，可是过后还是有人怀疑自己是不是看错了。罗锅儿站在柜台上，离屋子中间扭打在一起的那两个人足足有十二英尺。可是就在艾米莉小姐掐住马文·梅西喉咙的那一刻，他竟然像身上长出了翅膀似的腾空而起，挟带着风声跳到了艾米莉小姐宽阔的后背上。随即，一双爪子似的手紧紧地掐住了艾米莉小姐的脖子。

大伙儿都蒙了。没等他们反应过来，艾米莉小姐已经栽倒在地板上。因为罗锅儿出手相助，马文·梅西赢了这场决斗。艾米莉小姐四肢瘫软无力地趴在地板上，马文·梅西暴睁双眼，双腿横跨在她的身体两侧，嘴还是像以前那样似笑非笑地咧着。罗锅儿则消失得无影无踪，兴许是他突然害怕了，兴许是他为自己的行为感到得意，自个儿找地方偷乐去了，反正他顺着后门的台阶连滚带爬，溜出了咖啡馆。有人端来一盆水对着趴在地上的艾米莉小姐兜头泼了下去。过了一会儿，她慢慢地站了起来，拖拉着腿进了自己的办公室。从门缝里可以看见，艾米莉小姐坐在桌旁，头埋进胳膊肘里，泣不成声，发出一阵接一阵刺耳的喘息声。中间，她右手握成一个拳头使劲地朝办公桌砸了三下。后来，那只手松开了，手掌朝上无力地张开。胖子麦克菲尔走上前，帮她关上了办公室的门。

人群安静下来，大伙儿一个接一个离开了咖啡馆。他们或者拍醒拴在门外的还是一副迷迷瞪瞪模样的骡子，或者用曲柄发动汽车回了家。从社会城来的那三个年轻人也顺着大街摇摇晃晃地走远了。回到家后，这些人倒头便睡。在他们看来，刚才的决斗没什么值得细想的地方。镇子重新陷入黑暗之中，只有艾米莉小姐家一直亮着灯，屋子里的每个房间都是灯火通明,亮了整整一个晚上。

马文·梅西和罗锅儿两个人估计是天亮前一个小时左右离开的镇子。离开之前,他们做了如下事情:

撬开艾米莉小姐家那个放古董的柜子,拿走了里面所有的东西。

砸坏了那架机械钢琴。

在咖啡馆的桌面上刻下恐吓的话。

找到马文·梅西那只表盘背后有瀑布图案的表,并拿走了它。

打烂厨房里那些盛放高粱酒的罐子,从里面流出来的高粱酒足足有一加仑之多。

去了沼泽地,把艾米莉小姐的酿酒作坊砸了个稀巴烂,毁了那个新买的最大的蒸馏器外加一个冷凝器,最后还放火烧了作坊。

做了一盘艾米莉小姐最爱吃的香肠拌玉米粒,里面放了足以杀死全县人的毒药,然后把这盘诱人的饭菜放在咖啡馆的柜台上。

总之,除了没有冲进艾米莉小姐当晚睡觉的办公室,其他能想到的坏事他们一件没落。坏事干尽后,两个人离开了镇子,是一起离开的。

这就是事情的始末,如今那间屋子只剩下艾米莉小姐一个人孤零零地生活着。那天决斗时,从始至终没有一个人站出来帮衬艾米莉小姐,原因之一是不知如何帮她,原因之二是这个镇子的人只要逮着机会便会露出不友好的一面。不过后来还是有几个家庭主妇手拿笤帚,跑到艾米莉小姐面前，脸上带着打听事情的神色说，她们可以帮忙打扫一下屋子。艾米莉小姐用那双已经失了神气的斗鸡眼看了她们一眼，摇摇头拒绝了女人们的好意。胖子麦克菲尔在决斗结束后的第三天跑到咖啡馆里，说要买一罐奎尼牌烟草。艾米莉小姐告诉他，一罐奎尼牌烟草卖一块钱，而且从那天起，咖啡馆里所有商品都以一块钱的价格出售。咖啡馆怎么可以这样出售东西？！不光是商品价格让人感到疑惑，就连艾米莉小姐的行医方式也变得让人费解。以前她比齐霍来的医生还要受这里的病人欢迎，因为她从来不捉弄病人，不会让他们戒掉酒、烟草等生活中必不可少的东西，也甚少警告病人不要碰诸如煎西瓜皮这样的饭菜——那些饭菜病人本来就很少会想起来吃。现在，她彻底变了，不再是以前那个慧心巧思的医生，而会直截了当地对病人说他们很快就会死去——一半的病人听过这句话。另一半的病人则要忍受她的诅咒。她咒骂病人的那些话，谁听了心里都不会好受，只想忘掉，忘得越快越好。

艾米莉小姐不再剪头发，而是任由它们乱糟糟生长。她的头发变白了许多，脸也看上去长了不少。她身上的肌肉似乎萎缩了，人瘦得像一个老态龙钟的疯女人。现在那双斗鸡眼看人时向内侧斜得更加厉害了，眼神明显带着忧伤和孤独的意味。她也不再是过去那个喜欢静静地听别人说话的女人，现在的她厉害着呢，从那两片嘴唇里说出来的话简直就是刀子，刻薄得要命！

如果有人在她面前提起罗锅儿，她便哼一声说："如果让我抓住他，我一定扯下他的嗓子喂猫吃！"话虽然说得狠，但声音里已经没有了以往的力量。过去她说"那个和我结婚的织布机修理工"，或者对她的敌人说话时，声音像是有人在摇动铁环，哗啦啦的，充满了复仇的气势。现在的她说起话来有气无力，声音断断续续，好像是教堂里的一架气泵式管风琴发出的上气不接下气的哀怨之声，音调比话语本身更让人觉得毛骨悚然。

罗锅儿走后的三年里，每天晚上她都独自坐在屋子前面的台阶上，默默地盯着大街尽头，似乎在等什么人。镇子上一直都在传言马文·梅西利用罗锅儿身形矮小的特点，让他翻窗撬锁，帮自己做些鸡鸣狗盗之事；还有人说马文·梅西早把罗锅儿卖给了一个走街串巷的马戏团。但是对这些传言进行一番追根溯源后，人们发现它们全部出自莫里·瑞恩之口——只要是莫里·瑞恩说出来的，准不是真的！罗锅儿消失的第四个年头，艾米莉小姐从齐霍找来一个木匠，把咖啡馆的门窗全部钉死。但钉死门窗后，她并没有离开，依旧住在这座已经给钉得严严实实的屋子里。

是的，现在这镇子变成了一个没有生气、乏善可陈的地方。已经是八月了，到了下午，大街上方的天空像玻璃般明亮耀眼，路面白花花的、空荡荡的，没有一个人影。整个镇子沉浸在死气沉沉的气氛中，连一个出来玩耍的孩子都见不到，只有从织布厂那边传来的嗡嗡声一个劲儿地飘来荡去。那几棵桃树似乎每年夏天都变得比上一年更加歪扭难看，黯淡的叶子给人一种病恹恹、生气皆无的感觉。艾米莉小姐的那间屋子也一年比一年倾斜——看来倒塌只是时间问题。镇子上的人路过这里时都是绕着走，十分谨慎小心。镇子上已经买不到酒了，最近的酿酒作坊在八英里之外。喝了那里出产的酒，迷迷糊糊尽做噩梦不说，肝上还可能长花生那么大小的瘤子。镇子上实在缺少能打发时间的地方，这里的人闲得发慌就跑去织布厂的大水塘绕几圈，或者踢几脚地上业已腐烂的树根，再不就是对着停在路边教堂旁的破旧马车的轮轴发会儿呆，研究一下它是怎么转起来的。因为待在这镇子上实在无聊，人们的精神状态彻底颓败下去。实在熬不住了，他们就跑到叉瀑公路那里听服苦役的犯人们唱歌。

十二个犯人

这一段时间，有一群戴着镣铐的犯人一直在离镇子三英里远的叉瀑公路上干活。这是一条铺着碎石的土路，最近县里决定把有危险的狭窄地段拓宽一下。这里有十二个犯人，都穿着黑白条纹的狱服，脚踝锁着铁镣。押着这队犯人的卫兵只有一个，他的眼睛被太阳烤得红红的，眯成了一条缝儿。犯人们天刚破晓时就被装在卡车里带了过来，等到夕阳西下又被重新装车押回监狱。整整一天，犯人们耳朵里都充斥着铁镐撞击地面的声音。在酷烈的太阳底下，他们个个大汗淋漓，身上散发出一股浓烈的汗臭味。可是这群人每天都会唱歌。先是一个犯人用低沉的嗓音起个头儿，半哼半唱，声音像是在质问谁。不久，就会有另外一个声音加入进来。很快，所有的犯人都跟着唱了起来。在夕阳的金色余晖中，歌声是那么低沉浑厚，里面既有欢乐也有悲伤，二者纠缠在一起。那歌声越来越亮,到最后听上去好像不是出自十二个人之口,而是出自大地的某个地方或者远方的天空。这样的音乐让唱的人心胸开阔,让听的人内心狂喜和战栗。渐渐地,歌声低沉下去,越来越低,越来越低,最后只剩下一个人还在孤独地唱着。歌声终于停了,周围传来一阵嘶哑的喘气声。在夕阳的光芒下,铁镐在沉默者的手中发出撞击地面的声音。

什么样的人群能唱出这样的音乐?噢,不过是十二个犯人,其中七个是黑人,另外五个是年纪轻轻的白人。他们全部是这个县的人。噢,唱出这歌的不过是十二个犯人。

金色眼睛的映象

第一章

▲

和平年代的军营是一无趣之地。无趣不是因为无所事事,而是因为重复,因为单调。从军营外面看,水泥砌成的营房,整齐划一的军官宿舍,军人体操馆,礼堂,高尔夫球场,游泳馆……似乎这营地内的建筑是按照亘古不变的设计来的。这种外观上的千篇一律愈加突显出军营生活的单调无趣。也许这单调生活的根源,在于军队圈子的局限性以及军队生活的安逸感。作为一个军人,老老实实地服从命令,有样学样地照着前人的脚步走,便已算是尽到了责任。当然,意外并不是永远不会光临这世外桃源般的军营,几年前,一个南部地区的军营里就发生了一起谋杀案件。卷入这场悲剧的包括两个军官、一名士兵、两个女人、一个菲律宾人以及一匹马。

事件中的士兵叫艾二吉·威廉姆,军衔二等兵。每到下午,人们总能在营房前小路旁的长凳上看见他的身影。他选的地方蛮好,由于草坪和小路四周有枫树遮挡,风一吹,很是凉快。那片树林在春天里绿意盎然,夏天则浓到极致,等到秋天来临,便被染成了火红的一片。这里也是二等兵威廉姆坐等晚间集合的地方。他是个年轻人,圆脸上带着一丝单纯而警觉的神情,嘴唇厚而红润,额前总耷拉着一绺头发。琥珀偏棕色的眼睛里闪着问询的意味,那种眼神常见于不会说话的动物的眼睛里。在这座军营里,他几乎没有得罪过人,但也没有交下朋友。外人看他笨手笨脚,可实际上他若是行动起来,往往有着野地里的动物或贼才具备的悄无声息和灵活敏捷。经常是这样——有人正想事儿呢,突然发现二等兵威廉姆不知怎么就冒了出来,吓了一跳!他长了一双形状好看的手,虽然不大,但很有些力气。

二等兵威廉姆从来不沾吃喝嫖赌那些事情。在军营其他士兵眼里,他这种独来独往的性格还挺神秘。空闲时,他经常一个人跑去营地旁的树林里转悠。那林子占地约十五平方英里,里面什么都有,比如说从来没被砍伐过的古松,各种各样的野花,见人吓得直跑的鹿和野猪、狐狸之类的走兽。除了骑马,他也很少参加军队里的其他运动。军营里还从没有人在体操馆和游泳池里见过他的身影。他很少笑,但也很少生气或者给人瞧见涕泪横流的痛苦模样。他能吃能喝却不胡吃海塞,也不像有些士兵热衷于议论伙食不好什么的。他和其他三十多个士兵挤在一间安放着两长溜儿行军床的大房间里。这里不是什么清静之地,热闹嘈杂。晚上熄灯后,呼噜声、叫骂声以及梦魇中的呻吟声不绝于耳。不过二等兵威廉姆的床铺一贯很安静,最多传来一阵剥糖纸的窸窣声。

他已经在这座军营里待了两年。有一天,上面派他去给彭德顿上尉干点活儿。事情是这样的:因为对养马在行,过去的六个月里,威廉姆一直被安排在军营的马厩里干活。彭德顿上尉给营地的军士长打电话要求派人时,正是军演时节,大多数马被拉去参加军演,马厩清闲得很,威廉姆基本没什么活儿干。于是去上尉家干活儿的差事便落到了他头上。活儿也不重,上尉不过想叫个士兵过来,把屋子后面的几棵小树砍掉,以便在空地上安一个开户外派对时用来烤牛排的铁架子。这活儿一天便可以干完。

那天早晨,二等兵威廉姆七点半便离开营地。他知道上尉家在哪儿(他去那片树林散步时常常路过),也认得上尉本人。说起来,有一次,他差点让彭德顿上尉遭受一番"皮肉之苦"。那还是一年半以前,当时威廉姆给所在连队的一位中尉做勤务兵。某天下午,上尉过来拜访这位中尉,二等兵给两位上司端茶点时,失手把一杯咖啡洒在了客人的裤子上。除此之外,他在马厩干活时也曾见过上尉,上尉夫人的那匹枣红马就是由他负责喂养的,那可是这座军营里最漂亮的公马。

彭德顿上尉住在营地最外围一座墙壁用灰泥涂就的大屋里,两层楼,里面八个房间。从外观上看,这房子和那条街上的其他房子一模一样,唯一的不同是位于街道的边缘处。屋子门前有草坪,草坪一边挨着自然保护区,另一边挨着上尉唯一的邻居——莫瑞斯·兰登少校的居所。在这条街上的所有房屋前,有一片占地面积很大的草坪,最近被军营当作马球场使用。

看见威廉姆,上尉从家里走出来,把需要干的活计详详细细地说了一遍——凡是低矮的栎树丛和周围的灌木都要连根清除，高一点的大树则要把所有距离地面六英尺之内的树杈枝条砍掉。上尉用白白胖胖的戴着戒指的手指，指着离草坪二十码远的一棵老橡树，强调砍伐范围为两人站的地方到那棵树之间。上尉下身穿一条及膝的卡其布短裤，上身穿羊毛夹克，脚上穿了双羊毛长袜。他一头黑发，脸形瘦长，骨骼突兀，蓝色的眸子缺少神气。上尉似乎没有认出威廉姆，下命令的口吻也有点过于严厉。他告诉威廉姆这活儿必须今天干完，而且下午要过来检查。

二等兵威廉姆忙了一个早晨，中午去仓库吃了饭。他干活很沉稳，下午四点钟便完成了任务。他不仅做完了上尉交代给他的活儿，还多干了不少——那棵老橡树在他手里变了样子，靠草坪的这一边，低一点的树杈全部没了，人可以不受阻拦地在这边走来走去；另一边则保留了所有的枝干，一如往常漂亮地垂下来。砍掉那些沉重的形同大树手脚的枝杈可不是件轻松的事情，所以干完活后，二等兵便找了棵松树倚着休息。他表情十分自得，看得出来，他对自己的工作结果很满意，且一时半会儿不想动弹。

"我说，你在这里干什么？"突如其来的声音打破了周围的宁静。

从房子后门闪出上尉夫人的身影，她穿过草坪来到士兵面前。其实威廉姆刚才就看见了她，不过直到她问话时，他的头脑才真正意识到上尉夫人的存在。

"我刚才去了马厩，"彭德顿夫人说，"我的火鸟被踢了！"

"好的，夫人。"二等兵回答道，脸上依旧一副茫然的表情，好像在琢磨上尉夫人话里的意思。过了好大一会儿，他说："怎么踢的？"

"不知道！也许是哪个臭骡子踢的，也许是那些人把它和母马关在一起了。这太气人了！所以我才过来问问你。"

彭德顿夫人到吊床上休息去了。这是个漂亮女人，简单的衣衫（靴子，膝盖处已经磨破的宽松马裤，和灰色的毛衫）遮不住她的美。她的脸上有一种圣母般难以捉摸的安静温和，头发在脖颈后面绾成一个结。她躺在吊床上，轻轻地晃着。一个模样年轻、手捧托盘的黑女人走到她面前，托盘上放着一瓶黑麦威士忌、一瓶水，以及喝酒用的杯子。彭德顿夫人连灌两杯威士忌，又喝了几口水。喝完后她便再也不提马的事情，也不说话，似乎忘了士兵的存在。威廉姆还是倚着那棵大树，直瞪瞪地看着远处。

深秋的斜阳给新铺的草皮渲染出一圈光晕。落在树林上方的余晖从树叶稀疏的地方漏下来，在地上拓出橘红色的影子。太阳说落就落，空气里马上有了寒意。接着，风冷冷地刮了起来，远处响起了军号声，离这里这么远，也听得很清楚。号声回荡在林子里，变得空荡，逐渐没了声响。天，眼看就要黑了。

士兵正打算回营地，彭德顿上尉回来了。他泊好车，从院子前面走了过来。上尉先是和妻子打了个招呼，然后敷衍地冲二等兵回了个敬礼的手势，跟着眼睛便看向那块空地，手里随即捻出一声响指，转过脸时嘴角挤出一丝冷笑，一双浅蓝色的眼睛盯着神情松懈、倚着大树而站的威廉姆，说："小子，你没懂我的意思。"

二等兵默默地看着上尉，圆圆的脸庞一如往常那般严肃。

"我的意思是，你只需清理干净从这里到那棵橡树这段距离就行。"

方才还不动声色的上尉提高了声调。他径直走到那棵橡树前,指着脚下的残枝说:"我并没要你砍树枝,我的本意是让这棵树把林子和空地隔开,同时让它成为空地的背景。现在好了,一团糟!"树木的高大显得上尉个头小了不少。在旁人看来,上尉似乎有点小题大做。

过了许久,二等兵问了一句:"您想让我怎么做呢?"

彭德顿夫人正在用穿靴子的脚使劲蹬着地面——她想让吊床摇晃起来,听到士兵这样问,突然笑了:"上尉是想让你把那些树枝捡起来,重新接到那棵树上。"

上尉没有笑,他对威廉姆说:"这儿!抱些树叶来,铺在这块空地上。干完这些你再走。"说完,他递给威廉姆几块钱小费,回屋去了。

二等兵威廉姆去林子里收集落叶。彭德顿夫人躺在吊床上,身子轻轻摇晃着,似乎要睡着了。天空蒙上了一层若有若无的冰冷的浅黄色的光,周围的一切都安静下来。

那天傍晚,彭德顿上尉心里非常不痛快。进屋后,他直接去了书房。书房不大,原本是阳光房,改装后做了书房,和客厅紧挨着。在桌旁坐下后,他打开笔记本,又铺开一张地图,从抽屉里取出滑尺。工具都准备齐全了,他却发现自己根本没心思干活。后来他干脆闭上眼睛,双手抱紧脑袋,陷入了沉思。

上尉之所以神情沮丧、内心烦躁不安,和今天给他干活的二等兵威廉姆有点关系。其实他早就认出了这个士兵,在这个营地里,能让他记住的士兵不多,也就六七个。他打心眼里瞧不起这些大兵,看着他们在军营里晃来晃去便觉得讨厌。在上尉的头脑里,单从生物学角度来说,长官和普通士兵根本就是同一属下的不同种。他记起该士兵曾经把咖啡洒在自己的裤子上——那可是条新裤子，中国丝绸做的，料子很厚，一点都不便宜——到现在，咖啡渍还没有完全洗掉（上尉常年军服不离身，即使不在营地也是如此。不过在军官们出席的社交场合上，他也会穿便服。穿便服的他看上去相当时髦）。除此之外，上尉还知道这个二等兵在马厩工作，负责看管妻子那匹叫火鸟的马。这两件事加起来，已经足够让上尉对这个士兵抱有成见，而错误地砍掉那棵橡树的枝杈更是火上浇油。如此一来，二等兵威廉姆不知不觉中已经成为彭德顿上尉要瞄准的靶子。上尉开始想象自己某天抓到这个二等兵的把柄，把他送上军事法庭的一幕，并从中得到了些许安慰。这之后，他拿过暖瓶冲了一杯茶，开始沉溺于对其他让他担忧的事情的思考之中。

其实上尉今晚心里不痛快的原因还有很多。首先，他的个性和一般人不一样。比如说，他对人类生存的三个基本要素——生、死和性别的理解和普通人不太一样。在性别上，他兼备男性和女性的特质，但这两种气质在他身上又都没那么强烈。也就是说，他既缺乏孔武有力的男性特征，也没有完全倒向女性阴柔妩媚的那一面。总之，哪一头都不明显，哪一头都很弱。按说这样"淡雅"的性情对于一位遗世独立、只对凡尘俗世之外的事物（比如某些艺术，比如研究如何把方的变成圆的之类一般人想想便能发疯的事情）感兴趣的人来说，并不是什么要紧的事，况且上尉在本职工作上很努力（据说事业上他还挺有前途的）。其实结婚之前的上尉过得并不恓惶，可是自打结婚后，因为有了妻子，他便受到了折磨，特别是他还另有一个不可救药的毛病——常常爱上妻子的情人。

至于怎么看生和死，上尉的态度就没那么复杂了。如果说生和死是一架天平的两个砝码，那么死一定是压倒生的那一个，也是上尉背负不起的重压。在经受生死考验时，上尉一定会本能地做出求生弃死的选择。所以说，上尉是个懦夫。

从某种意义上说，上尉算是个有文化的人。结婚前，他把大把的时间都用在了读书上，年纪轻轻便官至中尉。不过有一点，他的同事很少单独拜访他，即便来，也是一伙人一起。上尉脑瓜里存了很多只有精于专业的学者们才懂的东西，比如说，他可以挨个列举出龙虾身上那些稀奇古怪的消化器官的名称，详细叙述出三叶虫的进化历程。他会说三种语言，天文学也懂一些。除此之外，他还是个诗歌爱好者。虽然上尉是知识渊博之人，可说到自己的观点，他就不行了。原因无非是，人若想对事物有自己独特的看法，势必要做到融会贯通，吸收别人观点的同时，也能有自己的独立见解。这些对上尉来说，是万万不敢动的念头。

那天晚上，上尉坐在书桌旁，既没心思工作，也没心思深究自己的性取向问题。他的脑子里不停地闪过二等兵威廉姆的脸，以及某天晚上他和邻居莫瑞斯·兰登少校共进晚餐的一幕。兰登少校新近和自己的老婆有了私情，上尉知道这事儿。但今天晚上，他没在这事儿上纠结难过，而是深陷于对另外一件事情的回忆之中。那是很久以前的事儿，那时他刚结婚不久。某天晚上，也是像今晚这样，他感到烦躁不安，似乎只有通过某种奇特的方式才能让自己从这种情绪中走出来。后来他开车去了离所驻营地不远的一个小镇，泊车后只身一人在街道上徘徊良久。彼时正是冬天，天色已晚，他看见一只小猫躲在门洞里，便走上前去，俯下身仔细打量着这个躲在里面取暖的小生命。小猫的喉咙里发出自得的呼噜噜的声音。上尉伸出手,小猫在上尉的掌心里挣扎。一张柔弱温顺的小脸,一双无辜纯洁的暗绿色眼睛,这是一只刚刚能睁开眼睛的小猫,孱弱的小身体给上尉的指掌带来了暖意。上尉把手放在小猫的身上柔柔地抚摸了几下,随后便抱着这个温顺孱弱的小东西来到街道拐角放信箱的地方。确定周围没人后,他手脚利索地把手中的小生命从冷冰冰的投信口塞了进去。做完这些,他回到原路继续散步。

从后门传来的砰的关门声打断了上尉的沉思,他循声看去。厨房里,妻子雷诺拉·彭德顿坐在餐桌旁,女仆苏西正在帮她脱靴子。论出身,彭德顿夫人不算是纯粹的南方人。她在军队里出生、长大,她那在退休前一年做到准将的父亲是美国西海岸人,母亲则是南方人,来自南卡罗来纳。在雷诺拉的母亲眼里,这个女儿是个彻头彻尾的南方人。比如说,雷诺拉家里的煤气灶虽不像她外婆使过的那样,上面蒙着一层层干裂的污垢,可也绝对谈不上干净。彭德顿夫人的思维也颇有南方人的特点,比如说她坚信面包或饼子必须在大理石桌面上擀过,做出来才能吃。因为这个,那一次上尉被派去斯科菲尔德兵营,他们把家里那张带大理石面的桌子,也就是上尉夫人此时正紧挨着的桌子一路带到了夏威夷,回来时又带回来。偶尔在食物里发现一根卷曲的黑头发,她会很不当回事地用餐巾把它擦掉,然后没事人似的继续享用面前的食物,眼睛都不眨一下。

"苏西,人也像鸡那样长嗉子吗?"雷诺拉问黑人女仆。

上尉站在厨房门口的走廊上,两个女人没有和他打招呼。上尉夫人从炉子里取出一片火腿,往上面撒了些白糖和面包屑,就着刚倒的半杯酒吃了起来。彭德顿夫人看上去相当惬意,光着脚在地上走来走去,兴致盎然地扭着身体。但她心里明白,丈夫讨厌看到自己这副样子。

"看在上帝的分上,现在就上楼去,穿上你的鞋!"上尉命令妻子道。

雷诺拉没有理会丈夫,满不在乎地从他身旁经过,朝客厅走去,嘴里哼着一首曲调奇怪的歌儿。

上尉跟上去,继续谴责道:"瞧你这副不加检点的样子!"

雷诺拉没有理会上尉,而是走到壁炉前面,弯下腰,点着了火。她从上唇到鼻翼之间的皮肤上沁出一层细密的汗珠,炉火的光映出她盈盈闪闪的唇和如玫瑰般娇美的脸庞。

"兰登夫妇马上就到,你就穿成这个样子和人家一起吃晚饭?"

"这有什么?怎么不行?神经病!"

上尉陡然换了种严厉的语气,冷冷地说:"你让我感到恶心!"

听到丈夫的话,彭德顿夫人突然笑了,笑声轻薄柔软,仿佛是从谁那里听到一桩丑闻或者一个构思巧妙的笑话而自然而然发出的笑声。她脱下上衣,把衣服在手中揉成一团朝房间角落里一扔,接着开始解马裤的扣子。她一颗颗地解着,直到两条裤腿掉到了地上。她把脚从裤腿里迈出去,一丝不挂地站着,看着上尉。炉火的红光映衬出她胴体的曼妙:双肩端正挺拔;锁骨的线条干净利落;两乳之间的肌肤下,几缕青色的血管吹弹可破。再过几年,这具肉体肯定会发胖松弛,好比蔫了的玫瑰花瓣。可是现在,因为这身体的主人常年运动,所以它看上去依然紧致结实、曲线分明。彭德顿夫人就那么静静地站着,整个人显出与世无争的无辜。然而若是仔细看去,那身体分明在颤抖,在战栗。如果有人把手放在上面,一定可以触得到这具胴体内奔放灼热、汩汩流动的血液。上尉像是被人扇了一巴掌,惊愕地看着妻子。雷诺拉面无表情地绕过门厅,向楼梯走去。透过开着的屋门望出去,可以看到如墨的夜色。一阵清风穿堂而过,撩起雷诺拉的一缕秀发。

上尉夫人走到楼梯一半的时候,上尉才从方才的震惊中清醒过来。他颤抖着追了过去,嘴里嚷道:"我要杀了你,杀了你,杀……"不过那声音单薄孱弱、缺乏力量。他在楼梯最底下的第二层台阶处停住了脚步,一只手抓着楼梯扶手,一只脚跨过两个台阶踩在上面,一副随时要跳起来追上妻子的架势。

楼梯上的雷诺拉缓缓转过身,眼神漠然地看着丈夫说:"孩子,你曾经被光身子的女人打过吗?揪着领子拉到大街上?"

上尉愣住了,身体一动不动,直到妻子离开才俯下身子,头深深埋进扶着楼梯栏杆的臂弯里,喉咙里发出锉东西的声音。他在哭泣,但脸上却一滴泪水都没有。

许久,他抬起头来,掏出手绢揩脖颈,同时意识到自家的门一直开着。他的心猛地提了起来:黑漆漆的深夜里,也许有人刚好从门前经过。他的眼前又一次浮现出二等兵威廉姆的脸——自己回家时还看到那个士兵待在林子那边,也许他看到了刚才的情景。上尉用恐惧狐疑的目光打量了一眼周围,然后去了书房——那里有几瓶酒,他需要它们。

雷诺拉·彭德顿不惧男人，不畏野兽，更不怕魔鬼。至于是否惧怕上帝，这个问题她本人也不知道。每次别人在她面前提起上帝两个字，她脑海里唯一出现的形象是自己的父亲——一个有时在星期天下午读读《圣经》的老人。说到《圣经》，她能够铭记于心的只有两件事情：一件是耶稣基督被人钉在加略山上；另外一件是，耶稣基督曾经骑着一头驴行走于四海传教——什么样的人会把毛驴当坐骑跑来跑去？

五分钟后，雷诺拉已经彻底忘记了刚才和丈夫之间的龃龉。她打开水龙头，准备泡澡，脑子里想着自己晚宴上要穿哪件衣服。雷诺拉·彭德顿是营地长官夫人们飞短流长时少不了的话题。照女人们的说法，雷诺拉情史丰富，爱四处勾搭。其实这些看法都是不负责任的猜测和毫无根据的臆想。彭德顿夫人本质上倾向于从一而终，也不是一个喜欢勾三搭四的女人。她嫁给彭德顿上尉时还是处子之身，一直到婚后的第四个晚上也还是处女，到了第五个晚上，处女的身份才有了改变，不过这改变让她的心里添了一缕疑虑。后面的事情就更加难以启齿。总之只有她本人才知道自己的情史——和利文沃斯的一位上校只上过五次床，和夏威夷的一个年轻军官也只有数得过来的几次，最近这两年只和莫瑞斯·兰登少校有瓜葛。和他在一起，她很满足。

雷诺拉·彭德顿很享受军营里的人给予她的"热心待客的女主人""优秀的女运动员"的褒奖。然而，周围的朋友和熟人还是觉察出她有点不对劲儿，只不过他们也说不出来究竟是哪儿不对。真相其实是，雷诺拉脑瓜不太好使。

无论是在宴会上、餐桌旁，还是在马厩里，雷诺拉都是个正常人。

在这个世界上，只有三个人知道她智力有问题：一是她年迈的身为准将的父亲（直到女儿平安嫁出去后，他才不再为这事儿操心），二是她的丈夫（他认为这是四十岁以下妇女的通病），第三个人则是兰登少校（他因为这个反而愈加爱她）。首先雷诺拉不会算术，十二乘以十三得几这样的问题，就是把她架在刑讯架上，她也给不出答案。还有，遣词造句对雷诺拉来说是一件难乎其难的事情。只有在万不得已的情况下，比方说要给刚刚寄给自己一张生日支票的叔叔写封致谢信，或者给某厂家写一封订制马鞍的信，她才会和苏西早早在桌上放好一摞白纸和几根削得尖尖细细的铅笔，一起守在厨房的那张大桌子旁边，拿出学者闭关修行的狠劲儿，动手写信。等到打完草稿誊好信，两个人已经是筋疲力尽，得好好喝上一杯才能缓过劲儿来，重新回到日常生活的忙碌中。

那天晚上，雷诺拉·彭德顿洗完澡，慢条斯理地穿戴好早已放在床上的衣饰——一条样式简单的灰色短裙，一件蓝色的安哥拉毛衣，珍珠耳环。七点钟，她准时去了楼下，客人已经等着了。

在雷诺拉和少校看来，今晚的饭菜绝对一流。第一道美味是汤，滋味清淡怡人。主菜是火腿配青菜土豆。青菜看上去碧绿油嫩，土豆在灯光底下宛如透明的琥珀。整道菜上浇了美味甘甜的调味汁。苏西特地为食欲一向很好的雷诺拉和少校往盘子里盛了很多食物。忙完这些，她就消失了。少校把胳膊肘放在桌子上撑着上半身，看上去十分放松，红润的脸上露出坦率欢快和友好的表情（他是个走到哪儿都很受欢迎的人）。除了雷诺拉席间提了提火鸟受伤的事情，饭桌上的人基本没有说话。兰登夫人有气无力地坐在桌旁，面前的食物几乎原封未动。这是一个矮小黑瘦、形容憔悴且长着一个大鼻子的女人，从嘴唇可以看出她生性敏感。她不仅身体上有病，精神上也总是感到悲伤焦虑，整个人似乎随时处在崩溃的边缘。彭德顿上尉坐姿端正，上身绷得笔直，胳膊肘紧挨着身体。席间，他有分寸地对少校刚刚收到奖章的事表达了恭贺之意，还好几次抬手弹了弹高脚杯的边缘，杯子发出清脆纤细的颤声。四个人吃完最后一道菜烤肉饼后，来到客厅，准备用打牌和闲谈来打发这个夜晚。

"亲爱的，这顿饭真是太好吃了。"少校心满意足地对雷诺拉说。

其实这里并不只有桌边的四个人。漆黑的夜色里还站着一个人，不动声色地打量着屋里的四个人。夜晚的空气十分寒冷，松林散发出来的清香更加剧了这冷冽的气息。风在森林里旋转飞舞，星星冷冷地眨着眼。二等兵威廉姆站在窗外，他和屋里四个人的距离是如此近，近到嘴里呵出的气给窗玻璃蒙了一层淡淡的雾气。

那天晚上，二等兵威廉姆确实看到了彭德顿夫人在壁炉前脱衣服的一幕，从此他的目光就一直没有离开她，一直到她去了楼上的卧室。在二等兵威廉姆的人生当中，这是他破天荒头一次看到女人的裸体。他在一个全部是男性的家庭里长大。他的父亲是农民，靠经营一家只有一头骡子的农场为生。他从父亲嘴里听到的只是女人们如何有病，她们身体里的疾病如何把男人折腾成瞎子、瘸子，甚至让他们下地狱。就是在军队里，他也没少听到这样的话。每个月，军队里的医生都会给他做检查，以确认他最近是否碰过女人。从八岁开始,二等兵威廉姆就没有碰过女人,也从不盯着女人看,或者和她们说话。

那天晚上,二等兵威廉姆收拾那些潮湿的散发着腐败气味的落叶到很晚。干完最后一点活,他准备回营地食堂吃晚饭。就在穿过那块草坪时,他朝上尉家瞥了一眼,当时门厅里灯火通明。也是从那一刻起,他所看到的一幕便永远地刻在了心上。彼时天色已黑,周围寂静无人,他垂手站在那里,身子一动不动,只有两只胳膊在身侧微微摇晃着。

当屋里的人切着桌上那些让人垂涎欲滴的火腿时,躲在窗外的威廉姆也在费力地咽着口水,但他的视线一直没有离开彭德顿夫人。那张脸和下午人们看到的一样,几乎没什么表情,只有一双金棕色的眼睛偶尔眯缝一下,好像在盘算计划什么。他就那么一直站着,直到上尉夫人离开客厅,看不到了,才缓缓转过身去。平展的草坪上,这士兵仿佛是在梦魇里行走般,脚步轻捷得没有一丁点声音,灯光在他身后拖出一道浓重的阴影。

第二章

第二天一早,二等兵威廉姆朝马厩走去。他走得不紧不慢。太阳尚未升起,银灰色的天空凄清冷冽,晨雾宛若一条沾了水的乳白色飘带在广阔无垠的大地上方缓缓流动。路过一处悬崖时,整个保护区的景色出现在视线里——森林仍旧停留在色彩斑斓的秋天,在松树的深绿色背景上,有片片不规则的猩红色和橘黄色的点缀。当远处传来军号声时,威廉姆停下脚步,静静地聆听着。在熹微的晨光里,那张被太阳晒得黝黑的脸显得格外鲜活红润,嘴唇上依稀看得到一些白色的印迹——那是早晨喝的牛奶。就这样,威廉姆走走停停,到达马厩时,太阳已经挂在了半空中。

马厩里一个人都没有。里面光线黯淡,暖和的欠流通的空气散发出一股酸酸甜甜的味道。威廉姆在马的喘气声中走过马厩中间的过道,马儿们用或呆滞或明亮的眼神看着士兵，打着响鼻。威廉姆从口袋里掏出一个盛着糖的信封，把糖倒在手掌中，挨个儿给马舔。不一会儿，他的掌心便沾满了马儿们黏湿的热乎乎的口水。他走到那匹不久就要生产的母马跟前，抬手轻轻摸着母马沉甸甸的肚子，摸完后又用胳膊抱紧马脖子和马依偎着站了一会儿。享受完这段和母马独处的时光后，他才开始张罗，把骡子赶到外面的围栏里。没过多久，马厩里又多了几个人的身影。今天是星期六，因为一早就有军营里的孩子和女人们来上骑术课，所以人人都显得很忙碌。人语和脚步声纷至沓来，马儿们也开始躁动不安。

彭德顿夫人是今早第一批到达马厩的客人之一，同行的还有经常陪她前来的兰登少校。彭德顿上尉则跟在这两人的后面——这倒是很难得，因为这里的人都知道上尉习惯一个人过来，通常是在傍晚。上尉夫妇和兰登少校坐在栅栏上，等着士兵们帮他们备好鞍子。火鸟被威廉姆第一个牵出马厩。上尉夫人昨天说的火鸟受伤一事显然有夸大的成分。火鸟的左腿上确实有伤口，不过只是轻微擦伤，而且已经涂了碘酒。从阴暗的马厩来到阳光底下，火鸟不安地打着响鼻，长长的脑袋转来转去。明晃晃的太阳照得马身光亮柔滑，就连厚厚的马鬃也晶晶地闪着亮光。

火鸟背阔体宽，四条腿特别粗。相较于其他血统纯正的大马，这匹马第一眼看上去体形稍大了些，身上的肉也有点多。但是它跑得很快，且跑起来的样子相当漂亮。在卡姆登赛马会上，它拿过冠军——跑赢了曾经也获得过冠军的父亲。彭德顿夫人刚一坐稳，那马便连连往后扬起脖子，摆出一副反抗主人调遣的模样。只见它不停地甩脑袋，尾巴也开始向上拧,想用这样的方式甩开勒它的嚼子。彭德顿夫人用双腿紧紧夹着马肚子,嘴里大声呵斥道:"你这家伙!你这不听话的畜生!"她一边骂一边笑,声音满含热情和兴奋。这便是每次均起始突兀、过程迅速的人马抗衡,这里的人似乎每天早晨都能见到这狂野火辣的一幕。因为太常见,所以没有人当回事。火鸟缺乏调教,两岁时被牵到这里喂养,那时候野性就很大,彭德顿夫人被它狠狠地摔过——至少有两次吧!还有一次,她骑着火鸟出去,回来时下嘴唇破得很厉害,毛衣、衬衫上沾满血迹。

直到现在,这种人和马的斗争还在上演,不过其中多了一些夸张亲昵的成分,更像一出轻喜剧,演员演得开心,观众也看得带劲儿。那马似乎知道自己正在被观赏,虽然已经累得唇边泛起了白沫,但跑起来还是带着股捣蛋的劲头。等到它终于乖乖站好,打出一声响鼻,这幕戏才算彻底结束。这时候的火鸟仿佛是一个面对悍妻的男人,因为爱着对方,所以只能无奈地耸耸肩,笑着叹口气,让步于她。不过只有早晨这段时间,火鸟才会上演这一出对抗主人的惹人发笑的哑剧,其他时间它还算一匹驯顺的壮马。

马厩里的士兵会给常来骑马的人起外号。他们把兰登少校叫作"水牛"。"水牛"这个外号和少校的骑马姿势有关,马上的他弓腰驼背,厚墩墩的,像极了一头水牛。少校颇掌握了些骑马的本事,年轻时就已扬名赛马场。和兰登少校比起来,彭德顿上尉则被归于压根不会骑马的那一类人。他按照骑师教的那样,直挺挺地坐在马鞍子上,从后面看,两瓣屁股向外撇得很开,身子一颠一颠的,显得笨得出奇。士兵们背地里都叫他"肥屁股"。上尉若是能看见自己骑马的背影，估计会主动放弃这项运动。对上尉的老婆，在马厩干活的人都很尊敬，称呼她"夫人"。

那天早晨，三位骑马者没有马上打马让它们跑起来，而是牵着它们安静地走了一段。彭德顿夫人走在最前面。马的背影渐渐消失了，空气中回响着马蹄踏在坚硬的路面上发出的嘚嘚声。太阳明亮了许多，天空还是那么蓝，清澈无云，但多了些明媚。空气里有牛马粪的味道和烧树叶的味道。再后来听不到马蹄声了，威廉姆一直站在旁边看着，样子有些痴傻。中士见状过来吆喝了一嗓子："嘿，呆子，你打算一直站下去呀?!"二等兵这才惊醒过来，他没有说话，只是往后捋了下额前的头发，开始干活。一整天他都没有说一句话。

就在当天晚上，夜深后，二等兵威廉姆穿上一套干净衣服，往林子方向走去。这次他没进林子，而是顺着保护区边缘那条路一直走到昨天帮上尉干活的地方——那片让他清理的空地。他停住脚步打量着四周。今晚，上尉家里的灯光不像以往那样明亮，只有楼上的一个房间和紧挨着客厅的一个小房间漏出光来。士兵再往前，发现上尉正一个人坐在那个小房间里，这应该是上尉的书房。而二楼亮着灯的房间一定是上尉夫人的卧房，因为从外面可以看到她的身影。这房子是新房子（和这条街道上其他的房子一样），因为栽种的时间还不是很长，所以庭院里的灌木显得很是稀疏矮小。院子边上有十二棵移植过来的女贞树，才显得不是那么空旷。人站在这几棵枝叶繁茂的大树底下，旁边院子里的人和路人很难瞧见。二等兵来到书房的窗根。所在之处离上尉如此之近，打开窗户的话，伸手便可触到屋里的人。

彭德顿上尉坐在桌旁，后背对着威廉姆。桌子上除了书和纸外，还放着一瓶酒、一暖瓶热茶以及一盒香烟。上尉一会儿喝茶，一会儿喝酒。他也抽烟——每隔十五到二十分钟便给自己的琥珀烟嘴装上一根烟。看得出他整个人处在一种烦躁不安的状态中。两点了，上尉还待在书房里。二等兵威廉姆则一直站在外面，打量着屋里的上尉。

也是从那天晚上起，奇怪的事情发生了。威廉姆每晚都会取道那条林子边缘的小路到上尉家的外面，向屋里窥探。他侧身站在窗外的阴暗处，打量屋里的一切。蕾丝窗帘可以让他清楚地看见屋里人的一举一动，但对方却很难看见他。屋里通常很安静，因为上尉夫妇经常半夜才回来。有时候他们也会把客人请到家里，有一次威廉姆看见他们招待了六位客人。不过大部分时间，上尉夫妇都会和兰登少校或者少校夫妇在休息室里聊天、喝酒、打牌。只要上尉夫人在场，二等兵的目光便有了固定的目标。

与此同时，周围的人也注意到二等兵的情绪变化。他似乎有点不对劲。以前他经常呆呆地看着远方，现在这习惯还有，且又多了一个毛病，干活时会突然停下来，盯着一个地方一动不动。比方说他给骡子架鞍子或者打扫马厩时，会突然丢了魂儿似的停下，傻傻地站在那里，即便有人叫他也没什么反应。管理马厩的中士见他这样很是担心。他以前也见过这副模样的士兵，大多是些因为想家或者想女人而一门心思开小差的年轻人。于是中士叫来二等兵，问他，得到的答案却是他什么都没想。

二等兵威廉姆说的是实话。虽然他看上去若有所思，但实际上心里并没有什么明确的想法，更没有某种企图或预谋。他一直对那天晚上经过上尉家门口看到的那一幕念念不忘,但他对上尉夫人绝无任何非分腌臜之想。不过,光是看到的那一幕已经够他恍惚一阵儿了。这种恍惚的表象意味着,这个年轻士兵已经产生了一种意识上的萌芽。这萌芽躲在他身体最深处,缓慢地不易察觉地生长着。

总共有四次,威廉姆没有征询他人意见,就自己做出决定。这四次行为发生之前,他都有过类似的恍惚状态。第一次是买牛。他做出这个决定很突然,也很莫名其妙。那年他十七岁,用给人犁地和摘棉花挣来的一百多块钱买了一头牛,给那牛起了个名字叫"红宝石"。他父亲的地不多,家里原有的那头骡子就可以承担所有的农活,所以这头牛根本派不上什么用场,而且他们也不能出售牛奶(政府不允许,因为将就着搭好的饲养圈达不到政府的要求)。于是这头牛便用来供应家里人的饮用奶,产量绰绰有余。当时正逢隆冬,每天天不亮,威廉姆便爬起来,提着灯笼去牛圈里挤奶。挤奶时,他前额抵着牛的肚子,一边挤一边絮絮叨叨、温言软语地和牛说话。挤完奶后,他会从泛着乳白色沫子的奶桶里捧出一捧,一小口一小口咽进肚子里。

第二次是他宣布要信奉上帝,事情发生得同样很突然。每逢星期天,他都会跟着父亲一起去教堂祷告。他的身影总是出现在教堂最后几排的凳子上。他坐在那里,几乎不说话。可有一天,他突然跑到讲台前,一步跃到台上,口里发出"上帝!上帝!"的声音,听上去十分奇怪。喊完后,他整个人跌倒在地板上,身体蜷缩成一团打起了滚儿。这件事发生后的一星期内,威廉姆都是一副倦怠无力的样子。上帝在他身上显灵的事只发生过这一次,再也没有第二次。

第三次他犯了罪，但是没被抓住，而且谁也不知道这件事。第四次便是他自己决定要成为一个士兵。

上述这些事情的发生都很突兀，没有任何计划。不过从某种角度来说，他也不是一点准备都没有，只不过准备的方式有点独特。比方说买牛那次，他两眼直瞪瞪地看了一会儿远处，便开始清理谷仓旁用来堆放废旧物品的斜坡。牛买回来后，他就把牛拴到那个斜坡上养着。外人不知道的是，直到数好钱递给卖家再把缰绳抓在手里的那一刻，威廉姆才意识到自己是在买牛。应征入伍那回，他也是提前做了些事情。同样地，也是直到从征兵办公室的门槛迈出来的那一刹那，原先头脑里模模糊糊的想法才压缩成一个真实的概念——他是个士兵了。

就这样，给上尉干完活后的两个星期内，二等兵一直悄悄地在附近逡巡，侦察屋子里的情况。他渐渐掌握了这家人的作息习惯——女仆通常十点钟进自己屋里睡觉；上尉夫人晚上十一点上楼熄灯休息；上尉则每晚十点半去书房，一直在那里磨蹭到两点才回自己的卧房。

第十二个晚上，士兵照例穿过那片树林。这次他走得比以往都慢，终于看到了那所房子。房子里远远地漏出些灯光来。夜幕上挂着一轮圆月，大大的，白白的，给大地蒙上了一层泛着寒意的银光，饱满的月色足以暴露士兵从林子里出来走过草坪时的一举一动。他的手里攥着一把小刀子，脚上也不再是以前那双看着无比笨重的靴子，换成了一双轻便的网球鞋。威廉姆循着客厅里的说话声走过去，最后在窗前站住。

"出牌呀，莫瑞斯！"是上尉夫人的声音，"这次我等着你出个大的！"

兰登少校和上尉夫人两个人正在玩算法简单的二十一点，赌注很大——如果少校赢得桌子上的所有筹码,就可以借火鸟骑一个星期;如果雷诺拉赢了,少校就得送她一瓶黑麦威士忌。少校面前摆着一多半筹码,胜利在即。壁炉的火光映出他英俊且红光满面的脸庞,士兵注意到少校一直用靴子的后跟轻轻地敲打着地面,好像在打军乐拍子。

少校额头两侧已经有了白发,刚刚修剪过的小胡子有点灰白。他垂肩坐在桌旁,一身军装,看上去很随意。不过每当他抬头看向艾丽西——他的妻子时,眼睛里的神色便变了,那是一种不安和恳求的眼神。坐在少校对面的雷诺拉一脸严肃,好像在为什么事儿动着脑筋。原来她正忙着把手放在桌子底下,用手指头算十四加七等于几。算好后她把牌放到桌面上,说:

"我输了吗?"

"没有,"少校说,"正好二十一点,你赢了。"

玩完了牌,少校和上尉来到壁炉前坐下,两个人表情显然都不自然,虽然聊的是园艺方面的话题,却都是一脸的严肃。这是有原因的。这些日子,事业上一向很顺利的少校碰到点麻烦,甚至连累了一向没心没肺的雷诺拉,让她也百般烦恼、无法脱身。那是几个月前,事情发生得很突然。某天晚上,四个人也像今晚一样,闲坐着聊天。少校夫人突然说自己身体不舒服,然后便一个人回去了。少校没有跟妻子回去,当时他喝醉了。再后来,阿克莱托眼睛瞪得老大尖叫着闯了进来,几个人顾不上问话便随他去了少校家查看,随后在房间里发现了昏迷不醒的少校夫人——她用一把园艺剪刀剪掉了自己的两个乳头。

"你们谁想喝酒？"上尉问众人。

三个人都说想喝。上尉于是去厨房取苏打水。最近一段日子，他心里常常感到不安。虽然他对少校和雷诺拉之间的奸情感到愤怒伤心，但内心还是希望事情一直瞒下去。原因很简单——他害怕改变，哪怕一丁点的改变他都忍受不了。实际上他对少校和妻子通奸的态度，和其他人认为的并不一样。过去的一年里，他对少校产生了一种类似于爱情的感情，所以他嫉妒妻子，渴望自己能被妻子的情人——兰登少校喜欢。上尉这种一反常情的对自己老婆和上司的隐忍态度，让其他军官极为佩服。上尉拿来酒和水，小心翼翼地给少校满上，倒酒的手微微颤抖着。

"你太拼命了，温尔登。"兰登少校说，"我来告诉你一件事，那就是，不值得！健康才是第一位的！如果没有了健康，你什么都干不了。雷诺拉，你还要牌吗？"

上尉给少校夫人倒酒的时候并不看对方，他讨厌这个女人，讨厌到甚至连看一眼都不想的地步。坐在壁炉前的艾丽西安静而机械地织着毛衣。她脸色苍白，略微肿胀的嘴唇有很多小裂口。只有那一双温柔沉郁、闪烁光芒的黑眼睛看上去还不算惹人厌。她二十九岁，比雷诺拉小两岁。听说她歌唱得很好，但营地里的人都没有听她唱过。上尉一眼瞥到艾丽西的手，心里不由得一阵恶心。那双手纤细修长，可是从指关节到手腕处却布满了细碎的青绿色血管——艾丽西手中的红色毛衣愈发衬托出这双手的苍白羸弱。因为不喜欢艾丽西对自己的冷漠态度，上尉编了好多关于她的笑话。这是一种微妙的不易为仇家察觉的报复方式，但刻薄程度却不逊于其他任何方式。上尉讨厌艾丽西还因为对方手上握有自己的把柄,还好她并没有说出去,否则自己将会很难堪。

"又在给少校织毛衣?"

"不是给他织,"艾丽西平静地说,"我还没想好送给谁呢。"

其实艾丽西·兰登很想哭。她想到了自己三年前死去的孩子——凯瑟琳。她想回家休息,让阿克莱托(伺候她的仆人)铺床扶自己躺下。这么一想,她便觉得身上又开始疼。疼痛让她内心充满了烦躁的情绪,甚至为手中的毛衣究竟给谁这件事而生气。自打认识兰登少校后,她便开始学着织毛衣。她已经给少校织了好几件毛衣,还给雷诺拉织了一件外套。刚刚知道丈夫和雷诺拉的奸情时,她不相信丈夫竟然会背叛自己。等到后来,对丈夫的回心转意不抱希望时,她开始鄙视丈夫,同时向雷诺拉示好。从那时候起,这个被丈夫背叛的女人和那个勾引丈夫的女人之间,产生了奇怪的友谊。艾丽西知道自己这种妄图和丈夫的情人培养感情的做法是病态的,没什么意义。所以没过多久,两个女人之间的友谊便因为中间掺杂了太多的争风吃醋和妒忌,自然而然地告终。感觉到自己的眼角溢出了泪水,艾丽西赶紧喝了一小口威士忌(因为心脏上的毛病,医生告诉她不能喝酒),以掩饰自己的失态。她不喜欢威士忌的味道,更愿意喝一些没多少酒精的甜酒,或者雪莉酒,哪怕咖啡也好。可是她现在只能喝威士忌,因为她面前只有威士忌,而且其他人也喝着这酒,她没的选。

"温尔登,"少校突然喊道,"你老婆不好好玩牌!她摸牌之前偷看牌。"

"我没有,我还没看到牌,就让你看见了。你摸的是几?"雷诺拉为自己"辩护"。

"你真让我感到惊讶,莫瑞斯。"上尉说,"难道你没听说过那句话吗?千万不要相信一个玩牌的女人。"

艾丽西在一旁看着另外三个人在那儿"打情骂俏",眼睛里流露出一种竭力掩盖情绪的神色,那种神色常见于常年被病痛折磨者的脸上,他们沉溺于思考,或者对周围一切漠不关心。自从那天晚上一个人跑回家用剪刀自残后,她便经常处在一种无法控制的想起来自己也会感到恶心的羞愧中。面对别人的时候,她常常感到心虚,似乎对方知道了自己自残的事情。但实际上,这件事没人说出去过,它被当成秘密掩盖下来。那天晚上的事只有少校、上尉夫妇、阿克莱托以及给她处理伤口的医生和护士知道。阿克莱托自打十七岁起便跟着她,主仆二人感情深厚,自然不会给她说出去。想到这,艾丽西停下手里的活儿,狠劲地按了按脸。她很想站起来告别,离开这些人回家去,并且从今天晚上起宣布彻底和丈夫决裂。可是这个念头一冒出便被一种无助的感觉控制住了。她能去哪儿呢?每当想到和丈夫分手这件事,她心里便觉得怪怪的,整个人感到紧张和激动。她意识到自己不光害怕和丈夫以及周围的人待在一起,同时也害怕离开他们,只剩自己孤家寡人地生活在这世界上。她心里很清楚,自己这种不肯抽离环境的心态只能导致灾难的降临。

"怎么了,艾丽西?"雷诺拉问,"你饿吗?冰柜里有切好了的鸡肉,你可以吃点。"最近几个月,雷诺拉和艾丽西说话时语气和以前明显不一样,"白肉和黑肉都有,很好吃。嗯?来点吗?"她夸张地张着嘴巴,每个字都说得很刻意,声音里明显掺杂着小心和压抑的成分。

"谢谢，不用了。"

"你确定不吃吗，亲爱的?"少校也在旁边问道，"你难道不想吃点东西吗？"

"不想。对了，请不要踢地板，听上去不舒服。"

"对不起。"

少校把腿从桌子底下抽出来，跷起了二郎腿。少校是天真的，他一厢情愿地对自己说，妻子一点都不知道他和雷诺拉的事。可这种不愿面对真相的心理暗示不仅不能让他心安，还让他压力倍增，导致他食不甘味（他原本胃口不错），还得了痔疮。他一直试图（也做到了）把妻子这种闷闷不乐的情绪看成一种病——一种女性会得的，而丈夫却无能为力的病，以此来安慰自己。在他的记忆里，有一件事让他很难释怀。新婚不久，他带艾丽西去打鹌鹑。艾丽西只是在打靶时摸过枪，从没狩猎过。他至今还记得被惊起的一群飞鸟在冬天夕阳里的漂亮身姿。因为时不时要照顾同去的妻子，少校只打到一只鸟。为了鼓励妻子，他坚持说那是她打下来的。艾丽西从狗嘴里取下那只小鸟时，突然脸色大变——那只鸟还活着。于是少校胡乱摔打了几下鸟脑袋，重新递给妻子。小鸟羽毛凌乱，全然没有了刚才在空中飞翔时的神气。艾丽西接过这只身上还冒着热气的小东西，仔细地看着那玻璃一样的小黑眼睛，竟然流泪了。这就是上校所指的"女性化"和"病态"，是男人们一辈子也甭想搞明白的。少校想起魏因切克中尉，那人是营里的军官，和艾丽西关系很好。面对妻子那张闷闷不乐的脸，良心上再一次受到折磨的少校为了安慰自己，问道：

"你刚才说下午和魏因切克中尉在一起?"

"是的,我在他那里。"

"挺好的,你是怎么找到他的?"

"是挺好的。"艾丽西去找魏因切克中尉是突然做出的决定。她抱着希望肩膀没有织得太宽的侥幸,把织好的毛衣送给中尉。她觉得毛衣在中尉那里能派上用场。

"那个人呀!"雷诺拉说,"艾丽西,我真不知道你喜欢他哪点?当然你们在一起聊的都是些高雅的事情。可他和我说话时,好像只会说'夫人'俩字,'是,夫人''不,夫人',真好笑!"

艾丽西笑了笑,没有说话,脸上却露出一丝挖苦的表情。

说到这里,也许得提一句,魏因切克中尉在营地里是个小角色,可以说全营里只有兰登夫人对他高看一眼。在服兵役的人中,他算是不走运的,快五十的人了,还没有获得上尉军衔。他眼睛有点毛病,这一生理缺陷无疑影响了他的前程,据说军队方面正在给他办理退休手续。中尉住在为单身汉军官们安排的公寓里,周围的人大多刚从西点军校里出来。他有两个小房间,里面堆满了东西,好像一辈子攒下的东西都放在了里面,有一架大钢琴、一排摆在架子上的相册和几百本书、一只安哥拉猫和十几盆花花草草。客厅墙上爬满了爬山虎。地上放着空酒瓶或者咖啡杯什么的,常常把进来的人绊倒。他虽然岁数大,但会拉小提琴。他的房间里时不时传出琴声,而且都是纯古典音乐,从三重奏到四重奏都有。军官们从走廊里路过,听到琴声,都会一边挠头一边会意地眨眨眼。艾丽西经常在下午晚些时候去拜访中尉。两人坐在壁炉前,要么一起合奏莫扎特的奏鸣曲,要么一边喝着咖啡,一边拈几块姜片糖吃。除了以上种种不合时宜外,中尉还很穷,他有两个侄子,要供他们上学。为了应付上述支出,他的日子过得捉襟见肘,常年穿一件又旧又破的军服,只在必须参加的社交场合上露面。当艾丽西听说中尉自己缝补衣服时,再来这里时,便带着自家的针线,这样给丈夫缝缝补补时,顺便就把中尉的那几件内衣裤和床单也一起缝了。有时候两人会一起开着少校的车子,去一百五十英里外的城市听场音乐会。每逢这时,兰登夫人一定会带上阿克莱托。

"我把这只手上的牌一并押上,如果我赢了,所有的筹码都是我的了。"彭德顿夫人说,"玩完这局就不玩了。"

发牌时,她偷偷留了一个 A 和一张王(可以凑成二十一点),夹在两腿之间。可这偷偷摸摸的行为没有瞒过其他人的眼睛,少校笑着用一只手往后拖了下椅子,另一只手顺手伸到桌子底下拍了拍雷诺拉的大腿。他的举动同样没有瞒过其他人的眼睛,艾丽西·兰登呼地从椅子上站了起来,把手里的毛线放进手提袋里,说:

"我得走了,莫瑞斯你留下吧,别搅了大家的兴致。晚安,各位。"

兰登夫人离去时那几步迈得无比僵硬。雷诺拉看着她缓缓离去的身影,小声说:"又怎么了?"

"谁知道?"少校显然也不高兴,"我也得走了,这是最后一把。"

其实少校不想离开这个让他心情愉快的房间,但是话已出口,只能离开。出了门,他在门口的小路上徘徊了好一阵,抬头看看天上的星星,心里想着人生远没有那么美妙。他想起了自己的孩子——那个小婴儿,那段日子让人发疯！生产过程中，艾丽西一直让阿克莱托待在自己身边（少校可忍受不了这个人），生生喊了三十三个小时，才生下那孩子。医生每次对艾丽西说"你没有把力气都用上！使劲！"，那个小菲律宾人就在旁边屈着双腿做竭尽全力状，脸上满是汗水，而且艾丽西叫他也叫。终于，孩子生下来了。可那孩子的食指和中指是粘在一起的，这把少校吓得不轻，他甚至感觉一碰那个婴儿，自己便会打摆子。

　　孩子整整折腾了他们十一个月。当时他们在中西部驻防，少校常常顶风冒雪地赶回家去，可到家后却发现冰箱里除了一盘难以下咽的金枪鱼沙拉外，什么能吃的东西都没有。家里永远站满了医生和护士。阿克莱托忙上忙下，动不动捧着一张尿布跑到楼上，就着光观察大便的颜色；要不就是抱着孩子，跟在牙关紧咬的艾丽西后面，在房间里走来走去。得知孩子死了，少校除了觉得心头重担卸下了，其他什么感觉都没有。可是那孩子的死给艾丽西的心注入了冷冰冰的悲苦之情。她变得愈加让人难以捉摸！想起这些，少校就感到糟心！

　　少校打开前门，阿克莱托从楼上下来。这个小菲律宾人走起路来带着股极力端着的镇定劲儿。他脚上穿了一双凉鞋，身上的灰色裤子软塌塌的，上身是一件宝石蓝的女式亚麻衬衫。他的脸很平，没有立体感，皮肤奶白奶白的，一双黑眼睛闪着光。他似乎没有看到少校。走到最下面的那级台阶时，他慢慢抬起右腿，脚趾像芭蕾舞演员那样弯曲，轻快地拍了一下手。

　　"傻子！"少校骂道，"她怎么样了？"

阿克莱托一抬眉毛,眼皮却耷拉下去,并不看少校。"很疲惫。"[①]他说。

"哼!"少校气咻咻地说,因为他一句法语也不懂,"什么乱七八糟呜里哇啦的!我问她怎么样了?"

"她的[②]——"阿克莱托想说鼻窦这个词,但是因为他最近才开始学习法语,而且是自学,所以憋了半天也没有说出来。即便如此,他还是尽力让自己的回答显得很正式:"乌鸦先生栖息在树上[③],少校。"说完,他停顿了一下,打了一个响指,很郑重地大声说道:"我为您准备了热气腾腾的诱人的肉汤。"

"再给我调杯鸡尾酒。"少校命令道。

"我'突然'就做。"阿克莱托回答。其实他心里很清楚自己应该用"马上"这个词,而不是"突然"。他一向认为自己的英语很好,措辞讲究,发音和艾丽西一样,清楚好听。他之所以故意说错,其实只有一个目的——把少校搞晕。"我先给夫人准备点吃的,然后下来给您调鸡尾酒,很快。"

这顿饭准备了三十八分钟,少校一直给阿克莱托看着表。这期间,阿克莱托在厨房里上蹿下跳,好像有什么喜事儿似的,中间还把一束花从客厅拿到厨房里。少校瞪眼瞅着小菲律宾人的一举一动,两只长满汗毛的手不由得攥成了拳头。阿克莱托嘴里咕哝着,语调温柔活泼。少校听到他在说什么"鲁道夫·塞尔金",以及"一只猫走在糖果店的柜子

[①][②][③] 原文为法语。

上，身上沾了些花生糖"。少校饿得实在不行了，于是自己调了杯酒，又煎了两个鸡蛋吃了。终于，阿克莱托忙完了。少校看见他两脚交叉站着，两只手伸到脑后扣在一起，身子摇摇摆摆地扭了几下。

"上帝！你真是个人物呀！"少校感叹道，"如果把你招到我的营里当兵，你说我得给你个啥职务？"

小菲律宾人耸耸肩膀，什么也没说。在他心里，上帝造人根本就是个错误，不过他自己和艾丽西，还有那些舞台聚光灯后的工作人员、侏儒、优秀的艺术家以及其他一些伟大人物除外。此时，他得意地看着手里的托盘——一块黄色的亚麻布平铺在上面，布上放着一小罐热水、一小杯肉汤、两杯牛肉清汤；右上角摆着一个盛米饭用的蓝色瓷碗，很小，里面插了一小束蓝色的米迦勒雏菊。他轻轻地揪下来三枚花瓣，放在黄色的亚麻布上。不过他其实没有那么开心，那双眼睛时不时显露出不安的神色，目光投向少校时，又有一种无法言传的责备之意。

"我来端！"少校抢过托盘。虽然托盘上没放什么可吃的东西，但是她会高兴，说不定还会表扬他两句。

艾丽西半躺在床上，手里拿着书，花镜遮住了大半张脸，只剩了鼻子和眼睛，以及嘴角那几块通常在病人脸上才看得到的明显的乌青。她穿着白色的亚麻睡袍，外面披了一件粉色天鹅绒外套。房间里十分安静，只有壁炉里的火发出毕毕剥剥的声音。房间里没有什么家具，简单朴素。地毯是柔和的灰色，窗帘是樱桃的颜色。整个房间显得有些空空荡荡。

艾丽西喝着肉汤，少校则坐在床边的椅子上，挖空心思想说点什么。阿克莱托在房间里晃来晃去地忙着，嘴里吹着一首曲子，调子清晰，节奏很快,但还是能听出那是一首悲伤的曲子。

"对了,夫人!您感觉好点了吗?我能问您个事儿吗?"阿克莱托突然说。

艾丽西把手里的杯子放下,又摘掉脸上的眼镜,说:"什么事儿呢?"

"这个!"阿克莱托先拿来一个小凳子放在床边,然后快速地从口袋里掏出几片布来,"我订了这些样品!您还记得吗?两年前我们在纽约的时候,经过那家叫'派克&派克'的商店,我曾经指着一件衣服让您看。"他一边说,一边找出一块布料递给艾丽西,"这块布料和那件衣服的一模一样。"

"可是我不需要再买衣服,阿克莱托。"

"噢,您需要。您都一年多没有添衣服了。那件绿色连衣裙胳膊肘那块儿都磨破①了,早就应该捐给救世军②了!"

阿克莱托说到"磨破"时,换成了法语,用他那似怨非怨的眼神朝少校这边瞟了一眼。少校每次听到主仆俩在安安静静的房间说话,都觉得很不舒服。艾丽西和阿克莱托的声音特别相像,听上去就像是彼此的回声一样,唯一的区别可能是阿克莱托说起话来絮絮叨叨不间歇,艾丽西则是考虑过才说,比较镇静。听这两人聊天,少校常常有种毛骨悚然的感觉。

"多少钱?"她问。

"挺贵的,不过也挺值的,再说好衣服穿的时间也长呀。"

---

① 原文为法语。
② 救世军,基督教派,以街头布道、慈善活动以及社会服务著称。

艾丽西重新捧起书,说:"我考虑一下。"

"真是的,直接买件不就得了。"少校插嘴道,他不喜欢艾丽西为这样的事情琢磨半天。

"如果定了要买,请您多买一尺,这样我也能做件夹克穿。"阿克莱托说。

"可以,如果我决定要买的话。"艾丽西答应了。

阿克莱托从药瓶里倒出几片药递给艾丽西,看着她服下,又冲她做了个鬼脸,拿来一个电热靠背放在她身后,随后帮她梳好头发,这才向门口走去。经过衣橱时,他停下脚步,踮起脚,头抬了抬,对着橱门上的镜子打量了自己几眼,转过头来,吹出一声口哨,问艾丽西:"上个星期四下午,您和魏因切克中尉弹的是哪首曲子?"

"弗兰克Ａ大调奏鸣曲的开始小节。"

"噢,"阿克莱托兴奋地嚷道,"就在刚才,一分钟前,我想起一段芭蕾舞!一束光缓慢地打在黑色天鹅绒的大幕前,就像冬天黄昏时分照过来的阳光,演员们缓缓上场。在谢尔盖·拉赫玛尼诺夫的钢琴声中,聚光灯下,一位演员跳起了独舞。接近尾声的时候,曲子换成了弗兰克的钢琴曲,那一幕真是让人——"阿克莱托看着艾丽西,眼睛里流露平常很少见到的热切的光彩。

接着他就跳了几下,动作吃力缓慢,倒像是在做哑剧表演。一年前,艾丽西带阿克莱托去看了俄罗斯芭蕾舞团的表演,从那以后他就迷上了芭蕾。舞台上演员的每个技巧甚至每个手势他都努力地记下来。跳完那几下,阿克莱托双脚交叉站住,手指像打坐的人那样捏在一起。突然,他又扭着身子学着独舞演员的动作转了个圈，动作轻盈。从他容光焕发的脸上不难看出，他把艾丽西的卧室当成了气势宏大的舞台，而他则是璀璨群星中最亮的那一颗——北极星。艾丽西似乎很享受阿克莱托的表演。兰登少校看看这个，又看看那个，脸上露出鄙夷的神情。不过阿克莱托越跳越难看，像个醉汉，和一开始的那几步简直没法比。最后，他摆出一个很奇怪的姿势，一只手抱着另一只胳膊的肘部，手握起抵着下巴，脸上的肌肉扭曲着，表情让人啼笑皆非，结束了这段舞蹈。

艾丽西爆发出一阵大笑："太棒了！太棒了！阿克莱托！"

阿克莱托也笑了，一边笑一边倚向门框，似乎有点晕，但看上去很高兴。呼吸平稳后，他用夸张的语调提醒艾丽西说："您注意到了吗？'阿克莱托'和'太棒了'这两个字眼听上去多么相配啊！"

艾丽西不笑了，若有所思地点点头，说："确实是好，阿克莱托，我早就发现了。"

阿克莱托似乎不知道该如何继续他们的谈话。他扫了一眼房间，确信再没有什么需要他做的事情后，淡淡地说了一句："如果您需要我的话，就喊我一声。"他说这话的时候看着她，似乎不高兴，眼神冷冷的。

阿克莱托去了楼下，一开始他的脚步很慢，然后越来越快，最后几乎是蹦跳着下了楼。也许是要试什么舞步，他匆忙间跌倒了。听到那砰的一声，少校冲到楼梯口，看到阿克莱托正努力从地上爬起来，看得出，他尽力让自己看上去没那么狼狈。

"他有没有伤到自己？"艾丽西在屋里焦急地问。

阿克莱托仰起头，又恼又羞地看着少校，眼里噙着泪，嘴里大声回答艾丽西:"我没事儿,夫人!"

少校身子往前靠着楼梯栏杆,冲着阿克莱托一字一字无声地说了一句:"我,希,望,你,摔,断,脖,子。"他说得很慢,而且没出声,只是嘴巴在一张一合,看来他只想让这个小菲律宾人看清楚他的口型。

阿克莱托耸耸肩膀,脸上挤出一丝笑,一瘸一拐地走了。少校回到房间,艾丽西手里捧着书,也不看他。少校便出门,回了自己的房间。关门时他很用力,发出砰的一声。少校的房间很小,里面乱七八糟,唯一惹眼的东西是几座奖杯——那是少校在赛马比赛中赢来的。床头的小桌上放着一本打开的书,那是一本很深奥的文学书。少校从夹着一根火柴棍的那一页开始读起,看了四十多页(差不多一个晚上应该有的阅读量)后,重新夹上火柴棍,放下书。这之后,他从抽屉里的一摞衬衫底下,抽出一本印刷粗糙的名为《科学》的杂志,重新躺回到床上,舒舒服服地研究起一篇关于星际超级大战的文章来。

在走廊对面的房间里,倚在床上的艾丽西放下手里的书,两只幽深明亮的黑眼睛不停地打量着四面的墙壁。她感觉自己再一次掉入了痛苦的深渊。离婚是一定的,但是怎么离呢?特别是离婚后,她和阿克莱托靠什么维持生计?她一向厌恶没有生孩子的女人离婚后要求男人给赡养费维持生活。她一定要维护最后的这点尊严——离婚后不依赖前夫。但是她能干什么呢?结婚前一年,她曾经在女子学校当过老师,但是以自己现在的身体状况,肯定做不了那样的工作。要不开个书店?如果做买卖的话,她要是生病了,阿克莱托得能帮着维持下去才行。不知道他们两个可不可以经营一条捕虾船呢?有一次在海边,当时天气很好，她和岸上几个靠捕虾为生的渔民交谈时，他们告诉她很多这方面的知识。那样的话，她可以和阿克莱托成天待在海上，要做的只是把网撒进海里等着收获；清爽的带着咸味的海风包围着他们，四面除了大海便是阳光——艾丽西烦躁地摇摇头：光想有什么用呢！

八个月前，她知道丈夫的奸情时十分震惊。那次，她和魏因切克中尉还有阿克莱托一起去城里看音乐会和戏剧，原打算在城里待两天两晚。但是抵达的第二天，她发起了高烧，于是三个人提前返回。回到家时，天色已经晚了，阿克莱托把她放在大门口，自己去车库停车。她在院子里小路上逗留了一会儿，检查院子里的灯泡。二楼丈夫的房间里亮着灯，大门却锁着。她开了门进去，一眼看见雷诺拉的大衣放在客厅的柜子上。她当时感到很奇怪，心说如果彭德顿夫妇在家里，怎么还锁着门。后来她一想，或许这两口子正在厨房里调酒，丈夫莫瑞斯正在楼上洗澡。于是她径直去了后院，在那里停留了一会儿。正当她准备再次进家门时，阿克莱托从楼梯上飞奔下来。他似乎被什么东西吓着了，小脸煞白，嘴里小声说他们把什么东西落在城里的旅馆里了，最好现在回去取。要知道他们家离城里有十英里远呢。一头雾水的艾丽西向楼梯口走去，刚刚迈上楼梯就被阿克莱托一把抓住胳膊。"你最好不要上楼去，夫人。"阿克莱托当时的语调冷静得让艾丽西害怕。

震惊让她不知道怎么办好，便跟着阿克莱托一起回到车里，两个人开着车离开家。少校和雷诺拉公然在自己家里鬼混，这对艾丽西来说简直是一种侮辱，她咽不下这口气。不知过了多长时间，他们在军营门口停了下来，新来的站岗的士兵不认识他们，不肯放行。那士兵瞪眼看着他们主仆两个，仿佛车上藏了一挺机关枪似的。后来他更是牢牢盯着穿黄色夹克衫的阿克莱托不放，气得阿克莱托几乎要哭了。随后那士兵让他们报上姓名，口吻仿佛在怀疑两人是私奔的一对儿。

艾丽西忘不了那士兵的脸。当时她也没想到要提丈夫的名字。年轻士兵站在那里，等着她说话，眼睛紧紧地盯着她，也不说话。他盯了她足足有一分钟，直到一个军官模样的人过来，才放他们主仆过去。后来，她在马厩里又见过几次这个士兵，觉得他长了一张高更画里常出现的土著人的脸。

那天晚上，阿克莱托载着她在大冷天里开了足足有三个小时，中途谁都没有说话。后来便发生了她从彭德顿家跑回家自残的事情。当时她眼里只有那把大剪刀——它挂在墙上，本来是修剪苗圃用的。愤怒和绝望让她只想用那把剪刀戳死自己，但是剪刀刃太钝了，于是她剪掉了自己的乳头。到现在她也不明白自己为什么会剪掉乳头，她肯定是气糊涂了，自己也不知道在做什么。想到这儿，艾丽西用手捂住脸，身体颤抖起来。这时房间外传来丈夫开门和靴子掉到地上的声音，艾丽西马上关上了灯。

少校看完了杂志，把它放回原来的地方。他喝了杯酒，身体舒服了好多。他躺在床上，两只眼瞪着黑漆漆的四周，回想起他和雷诺拉第一次在一起时的感觉。那一年，婴儿的死让艾丽西不是在医院待着，就是像个鬼魂一样在家里晃荡。后来他被派到这个军营，来的第一个星期就在马厩碰见了雷诺拉。雷诺拉邀请他一起骑马出行，说要领他观赏一下附近的景色。两个人信马由缰地跑了一阵，渐渐离开了大路。后来他们下马休息,找拴马的地方时,雷诺拉看见附近有一片黑莓林,于是说要过去摘点,晚上做水果馅饼吃。两个人几乎是一点一点匍匐着去摘那些黑莓的。他们把摘下来的黑莓放在少校的帽子里,然后便发生了那件事儿。上帝!要知道他们两个小时前才认识,而且当时才早晨九点钟。每次想起这些,少校便觉得匪夷所思,让人不敢相信。可是当时他的感觉的确好极了,好到什么程度呢?好到——好到让他想起当年他和一帮士兵在寒冷的野地里露营的经历。黑夜来临时,他们躲在滴水的帐篷里,冷得打战的身体里涌动着对黎明的渴盼。第二天,他们钻出帐篷,看见雨已经停了。他们在帐篷外生起了篝火,太阳冉冉升起,所有人一边喝着咖啡,一边欣赏着光芒万丈的太阳一点点跃上那清澈无比的天空。那感觉真是好极了——是这世界上最美妙的感觉!

想到这儿,少校害羞地笑了。他往上扯扯被子蒙住脑袋。很快,房间里响起了鼾声。

已经是午夜十二点半了,彭德顿上尉还待在书房里,心绪不宁。为了今天晚上的这篇论文,他不停地喝酒、饮茶,抽了足足一打的雪茄,手上却没有出活儿。于是他索性把工作搁下,在房间里踱起步来。他从房间这头踱到那头,心情甚是不爽。人生总有一些关头,要去爱上某个人,以此为自己泛滥的情感找到一个切实的靶子;也有一些关头,必须去仇恨某个人,才能为自己那些积存的代表不忿、失望以及对生活的恐惧的"精子们"找到释放的途径。可以说，因为找不到可以让他仇恨的靶子，上尉过去的几个月里过得郁郁不乐。

他虽然讨厌大鼻子的女约伯①（艾丽西·兰登），以及那个人见人厌的菲律宾人，但那不是纯粹的恨——艾丽西·兰登是这世上唯一一个知道上尉某个龌龊特质的人，但她从来没有给过上尉机会去恨她——其实上尉不是不恨兰登夫人，只不过那恨里夹杂着一丝感激之情。他感激她从来没有和别人议论起自己的某些行为。上尉天生喜欢偷东西，看上别人家的东西，内心里一定会升起顺手牵羊的冲动。这么多年来，他极力克制这种冲动。可是还是有两次，他不得不听命于内心的召唤而放任自己的行为。七岁时，因为迷上了一个喜欢欺负人的同学，他从姨妈的梳妆台上偷了一个老式的装头发的罐子，作为爱的礼物送给了那人。二十七年后，在这个营地，上尉又因为控制不住内心的冲动，做了另外一件偷窃的事情。

那是在一位年轻新娘举行的晚宴上，他被一件银器吸引，于是把它顺进口袋带回了家。这是一把不很常见的吃点心用的漂亮小勺，雕工精细，看上去很有些年头。当时，他便对这把小勺爱不释手（盘子里的其他银器和它摆在一起黯然失色），最终没有抵御住诱惑。可是在掩饰着把这件"战利品"放进了口袋后，他便立刻意识到，坐在旁边的艾丽西看见了自己的举动，因为她一脸惊讶地看着自己。上尉现在想起那表情，还是不由自主地打了个冷战。艾丽西盯着他看了好久之后开始大笑，是

---

① 约伯，《圣经》中人物，以虔诚和忍耐著称。

的，是大笑。她笑得如此用力，以至于差点没被噎死，后来有人过来给她拍了拍后背才缓了过来。之后她找了个借口离开了餐桌。回来后，只要两个人的目光对上，她便向他露出嘲讽的笑容。打那以后，上尉去她家里吃饭时，她便死死盯着他，一副生怕他会偷什么东西的模样。那把小勺被上尉用一块丝绸手帕包好，同其他贵重物品一起放在盒子里，藏在壁橱的最里面。

不过即使这样，他还是无法恨这个女人，就像他其实也不太恨自己的妻子一样。雷诺拉是惹他生气，但即便是在对妻子嫉妒得无法控制自己的时候，对她的仇恨仍旧比不上对一只猫咪、一匹马或者一头虎崽的。上尉在书房里走来走去，能做的也只是狠狠地踢一脚紧紧关着的房门。如果艾丽西铁了心要和兰登少校离婚的话，他该怎么办？上尉不敢过多去想这事儿，因为一想到自己可能变成孤身一人，他便觉得郁闷无比。

屋子里突然传来一阵轻微的响声，上尉吓得停住脚步，站在那儿仔细听了一会儿。这屋子一直很安静，我之前提到过，上尉是个胆小鬼，一个人待着的时候，会没来由地担心害怕。此时他站在屋子里，突然感到恐惧和绝望。可这种情绪似乎并不是他自身或者外人带来的，不是那种他在一定程度上可以控制的恐惧和绝望，而是由一股似乎很遥远的让人感到威胁的力量所致。上尉用惊惧的眼神打量了书房一圈，收拾好桌子上的东西，打开门走了出去。

客厅里，雷诺拉躺在壁炉前的毯子上。上尉看到妻子翻了个身又睡了过去，没好气地笑了，用脚尖照着她的屁股踢了一下。酣睡中的雷诺拉嘴里嘟囔出一句梦话，好像是说该给火鸡肚子里填哪种料什么的。上尉弯下腰摇晃了几下妻子，脸对脸地叫醒了她，又搀扶她起来，但是雷诺拉天生有小孩子才有的站着睡的本事。

上楼时，雷诺拉的眼睛就没有睁开过，嘴里还是一个劲儿地咕哝着火鸡的事情。

"这次我要是帮你脱衣服就不是人。"上尉也在嘟囔。

雷诺拉终于被丈夫拖到了床边，但她始终不肯躺下。上尉盯着妻子看了一会儿，微笑着开始帮她脱衣服，但最终没有给她穿上睡袍——抽屉里乱七八糟，他找不到，再说妻子也喜欢"露肉睡觉"（这是雷诺拉常挂在嘴边的一个词）。把妻子安顿好后，上尉抬头看了一眼对面的墙壁。墙上挂着一张照片，照片里是一个女孩，看上去也就十七岁的样子，照片下面写了一行似乎饱含深情的话："送给雷诺拉——深深爱着你的柏思娣。"这张照片被雷诺拉一直带在身边，伴随着她走过世界很多地方。每次上尉问起这个叫柏思娣的女子，雷诺拉总是说那女孩子很多年前溺死了。问多了，上尉便瞧出端倪：妻子压根不知道这位名为柏思娣的小姐的姓氏。这幅画一直挂在雷诺拉的卧室里，一挂就是十一年，已经成了雷打不动的习惯。上尉看着沉浸在梦乡中的妻子。雷诺拉一直很怕热，衣服被睡梦中的她扯到胸脯以下。看到妻子嘴角挂着的一丝笑意，上尉想，八成她正梦见吃刚出炉的火鸡呢。

上尉一直靠吃速可眠来帮助睡眠。这个习惯跟了他很多年，以至于一粒药片已经不起作用。上尉认为这个坏习惯开始于就读于部队学校那会儿。当时，他们天天早睡晚起，搞得他现在没有速可眠的帮忙，根本睡不着，即使睡着了，也总是晕乎乎地做梦。今天晚上，上尉决定吃上三片速可眠。他相信这三片药可以让自己沉沉睡上六七个小时。吃过药后,上尉安心地躺下。三片的药量让他觉得今晚和以往不太一样,体内似乎有什么东西被唤醒了,仿佛有一只遍体密覆黑色羽毛的大鸟落在胸脯上,瞪着一双金色眼睛,目不转睛地看着他,眼神凌厉,悄悄把他裹进黑色的翅膀里。

二等兵威廉姆站在外面,上尉家的灯熄了。又过去两个小时,原本墨色的夜空此时成了深紫罗兰色。星星的光暗淡了不少,只有猎户星座和北斗星依旧灼灼闪闪地挂在夜幕上。士兵绕到上尉家的后门,轻轻地推那扇纱门。不出他的意料,门从里面锁着。他掏出口袋里的小刀,把薄薄的刀刃插入门缝挑开了纱门。纱门后面的门没有上锁,开着。

进屋后,威廉姆没有马上行动,而是等眼睛完全适应了黑暗才往楼上走去。这是一座二层小楼,屋子里静悄悄的,没有一丝声响。狭长的门廊和楼梯把房间一分为二,一侧是宽敞的客厅,客厅往里是仆人的房间。另一侧是餐厅、书房和厨房。二楼右首有一间双人卧室和一个小房间,左首则是两间中等大小的卧室。上尉住在那间双人卧室里,雷诺拉则住在对过的房间里。士兵似乎对这座屋子的布局很熟悉,他小心翼翼又很镇定地沿着铺着地毯的楼梯来到二楼,毫不犹豫地朝上尉夫人的房间走去。他像一只老猫,动作轻捷,无声无息地顺着半开半掩的门缝溜进了房间。

印着婆娑树影的月光流泻进房间里。沉浸在梦乡里的雷诺拉还保持着上尉离开时的睡姿。枕头上散落着她的几缕鬓发。半敞的衣服下面，酥胸随着呼吸一起一伏。整个房间弥漫着一种慵懒的令人昏昏欲睡的气息——那是女人身上的黄色丝绸被罩和开着的香水瓶散发出的香味。士兵静静地走到床边，弯下腰，低头看着睡梦中的上尉夫人。他离她如此之近，甚至可以感到她口鼻的呼吸。士兵整个人仿佛沐浴在某种馥郁而温暖的气息之中。月光柔柔地照在两个人的脸上。威廉姆一脸庄重，只有眼神暴露出他内心强烈的好奇。一抹圣洁幸福的神色缓缓地在士兵脸上绽放开来。这个年轻士兵的心里被一种奇怪又很真切的甜蜜感占满，这是他生命中从未有过的体验。

他弯着腰，目光一直没有离开睡梦中的上尉夫人。过了一会儿，他扶着窗沿稳住身子，慢慢地靠着床边半蹲下去。他竭力用宽厚的脚掌站稳，身子挺直，强壮而修长的双手扶在膝盖上。他的眼睛像圆圆的琥珀色的扣子，额前的刘海耷拉下来，毛茸茸地纠缠成一团。

在今晚之前，二等兵威廉姆也绽露过几次类似的被幸福击中的表情，但因为周围没人，所以没有被看到。如果给人看到的话，恐怕他会被送上军事法庭。事情是这样的，士兵去那片保护区时，并不是只身一人。他会从马厩中牵出一匹马来，骑上它偷偷溜出来——通常是在下午时分。他去了一个很隐秘的地方，离军营有五英里左右，是一片外人很难找到的林子。林子里有处覆盖着衰草的空地，旷远开阔，很少有人来。士兵解下马背上的鞍子，由着它自由地奔跑一会儿。他自己则脱光衣服躺在草地中间一块大而平坦的石头上——他是一个离开阳光就活不下去的人。

即使是在最冷的那些日子，他也会跑到这里躺一会儿，赤裸着，让阳光渗进每一寸肌肤。有时候，他光着身子站在那块石头上，跳上马儿那同样光裸的背脊，骑在上面奔跑一会儿。他牵来的马如果是在军营里，不过像一匹表现平平的牲口那样，只会姿势笨拙地慢跑，或者像玩具木马那样跳上几下。但是和士兵单独在一起的时候，马完全变了，变成一匹骄傲得每一步都迈得极其优雅的骏马。士兵坐在马上，挺直的身体呈古铜色。没有了衣服的遮盖，他看上去瘦了不少，肋骨的线条清晰可见。阳光下的他，唇角挂着一抹狂野而性感的微笑。如果其他士兵看见他此时的模样，准会吃上一惊。从那片林子回来时，他往往很疲乏，几乎不说一句话。

天就要亮了，二等兵还是半蹲在雷诺拉的床边。一个晚上，他都以这样的姿势观察着上尉夫人。晨曦终于从夜色中突围，天空出现了曙光，二等兵威廉姆扶着窗台小心地起身回到楼下，离开了上尉的家。门关上了，天空露出了一抹淡淡的蓝色，金星正在一点点地变淡变暗……

第三章

艾丽西·兰登度过了痛苦的一夜。一直到太阳升起,军营里回荡着嘹亮的号声,她才睡着。过去的几个小时如此漫长,她被各种各样奇怪的想法炙烤折磨,以至于难以入睡。天快亮时甚至出现了幻觉,她看见一个人从彭德顿上尉家里出来,消失在那片树林里,一切看上去和真的一样。等到她终于迷迷糊糊地睡着了,又被一阵打闹声惊醒。她匆匆披了件浴袍冲下楼,却被眼前的一幕弄得哭笑不得:丈夫正在追阿克莱托,两人围着餐桌不停地绕着圈子。兰登少校脚上只穿了一双袜子,身上却穿得很正式——只有参加星期六阅兵时他才这么穿。他一跑,身上挂着的短剑便不停拍打他的大腿。看见妻子下来,兰登少校停住了脚步。阿克莱托立刻跑到女主人身后躲了起来。

"他是故意的!"少校咆哮道,"我已经迟到了,六百个士兵正在等着我，可你瞧瞧这是什么！"

那双靴子看上去确实惨不忍睹，上面糊了一层东西——像是面粉和水的混合物。艾丽西责备了阿克莱托几句，挡在他面前，让他擦好那双靴子。阿克莱托擦靴子时哭了，哭得很委屈。艾丽西克制住自己，没有去安慰他。等到阿克莱托擦完了靴子，她听见他在嘀咕总有一天要离开这里，去魁北克开一间布店。艾丽西递给丈夫靴子时没有说话，但给了他一个关切的眼神。做完这些后，她又开始觉得心脏不舒服，便拿了本书上楼休息去了。

阿克莱托把咖啡给她端到楼上，然后马不停蹄地去了军营里的合作社，参加星期天在那里举行的售卖活动。上午晚一点的时候，他回来了。艾丽西刚刚看完书，正躺在床上看着窗外。阿克莱托似乎忘了早晨的不快，恢复了无忧无虑的神态。他给房间生好火，烧得旺旺的，然后利索地拉开衣橱最上面的抽屉，在里面翻找着什么。他先从里面拿出一个小巧的水晶打火机，那是艾丽西用老式香盒子改制的，因为看阿克莱托喜欢，便送给了他。但阿克莱托一直没有拿走这小玩意儿，依旧放在她的房间里。艾丽西猜，他这样做也许是为了让随时进来开抽屉显得更合理些吧。看完打火机后，阿克莱托又拿起艾丽西的老花镜，透过镜片去端详那块橱子上的布。他看得很认真，偶尔还会伸出指头，小心地捏起落在布上的肉眼很难看见的东西，扔到垃圾桶里。他一边捏一边嘟囔。艾丽西也不去听，她对他的自言自语一向不感兴趣。

她又一次想起了那个常常让她感到困扰的问题：如果她死了，阿克莱托怎么办？丈夫答应过自己不会不管阿克莱托，可如果他再婚呢？到那时他还能遵守诺言吗？她还记得七年前第一次见到阿克莱托时他那可怜无助的样子！家里所有帮佣的小孩儿都欺负阿克莱托，他每天像小狗一样跟在她后面以躲避那些孩子。倘若外人盯了他一眼，他便立刻露出一副战战兢兢要哭的表情。那时候他已经十七岁了，可是那张病恹恹、惊恐无助的脸却透出十岁孩子才有的天真无辜。所以当她和少校准备回国，阿克莱托央求带上自己时，她便答应了，把他带到了美国。现在，这个菲律宾人已经成了她相依为命的伙伴，如果她死了，剩下他一个人怎么办？

"阿克莱托，你快乐吗？"艾丽西突然问道。

小菲律宾人显然并没体会到女主人问题里那悲天悯人的意味，不假思索地回答道："当然快乐了，为什么这么问呢？这不好好的吗？"

洒进房间的阳光如炉火般明亮，光影在一面墙上摇曳生姿，像是跳舞的精灵。艾丽西不说话，只是瞪着两只眼睛看来看去，房间里回响着阿克莱托柔软的嘟嘟囔囔的声音。"对我来说，确认人们知道与否是很难的。"这就是阿克莱托，想和她讨论某个问题时，总要先说一句让人摸不着头脑的话。艾丽西似听非听，没有马上说话，而是等着阿克莱托继续说下去。"直到伺候您很长时间后，我才确信您是知道的。现在，我确信其他人都知道，除了谢尔盖·拉赫玛尼诺夫。"

艾丽西转过脸看着阿克莱托："你在说什么呢？"

"夫人，"阿克莱托回答道，"您真的相信谢尔盖·拉赫玛尼诺夫先生知道椅子是用来坐的，钟是用来看时间的吗？如果我有机会脱下鞋子举到那位先生面前说：'这是什么，谢尔盖·拉赫玛尼诺夫先生？'他回答我说:'为什么这么问呢,阿克莱托?这是一只鞋啊。'他能吗?我觉得他肯定回答不出来!"

拉赫玛尼诺夫的音乐会,他们两个刚刚听过。阿克莱托评价说,这是他们听过的最好听的音乐会。至于艾丽西,因为不喜欢人多的场合,对音乐会并不感冒,她更愿意把钱花在唱片上而不是门票上。不过偶尔能出去散散心也不错。对阿克莱托来说,跟着艾丽西外出是人生乐事,因为他们通常会在酒店住上一晚,这是一种巨大的幸福。

"我帮您把枕头拍低点,这样躺着是不是感觉舒服点?"

艾丽西回想起她和阿克莱托参加那天的音乐会时共进晚餐的一幕。阿克莱托身穿一件橘黄色的天鹅绒夹克衫,昂首挺胸跟在她后面,进了酒店的餐厅。轮到阿克莱托点菜时,他把菜单高高地举在眼前,两只眼皮耷拉着看着菜单,像是闭着眼睛和人讲话,说的居然是法语。阿克莱托这副姿态显然镇住了前来服务的黑人侍者。艾丽西差点笑出声来,不过她还是控制住自己,一脸严肃地当起了翻译,好像她是阿克莱托的保姆或者侍女。阿克莱托可怜的法语水平让他点的每道菜听上去都那么滑稽。艾丽西很快明白了阿克莱托依据的是法语课本上的"菜园"① 一课,因为所有的菜都和卷心菜、青豆以及胡萝卜有关。于是她主动为他点了一道有鸡肉的菜。阿克莱托抬起眼皮,递过来一个带有深意的感激的眼神。餐厅里那几个穿白工作服的侍者跑前跑后,像苍蝇一样忙得不亦乐乎。这下阿克莱托更摆谱了,矜持得连饭都不吃了。

---

① 原文为法语。

"我们听点音乐吧,就听勃拉姆斯①的 G 小调四重奏。"

"那首曲子著名。"② 阿克莱托附和道。

阿克莱托放好唱片,在壁炉旁的脚凳上端端正正地坐好,主仆二人很快就沉浸在钢琴和弦乐营造出的对话般的美妙音乐中。正在这时,一阵敲门声从楼下传来。阿克莱托探出脑袋冲厅里说了几句,然后转过身来把门关上,顺手关了留声机。

"是彭德顿夫人。"他说这话时眉毛明显往上挑了挑。

"你们在听音乐啊,我就知道我在下面敲到死你们也听不见!"话音未落,雷诺拉冲了进来,一屁股坐到床上,用力之猛以至于艾丽西觉得这一坐可能压断了床垫的某根弹簧。也许是想起艾丽西正生着病,雷诺拉迅速在脸上堆出一副愁眉苦脸的模样(可能她觉得只要待在病人的房间都得这样吧),说:"艾丽西,你今天晚上能来吗?"

"去哪儿?"

"上帝啊!你这是怎么了?!我的派对啊!我这三天像个黑人似的忙前忙后,为这个派对做准备。像这么大的派对,我可是每两年才举行一次!"

"当然要去。"艾丽西说,"我刚才糊涂了。"

"听着!"雷诺拉说,她总是带着红晕的脸上突然写满了期待,"我真想领你去看看我的厨房。我把餐桌的折叠部分全部打开了,客人们可

---

① 约翰内斯·勃拉姆斯(Johannes Brahms, 1833~1897),德国古典主义最后的作曲家,浪漫主义中期作曲家。

② 原文为法语。

以绕着桌子自己取吃的东西。我准备了弗吉尼亚烤火腿、一只大火鸡，还有炸鸡、切片冷盘猪肉、烤排骨和各种小菜，什么腌洋葱、橄榄和腌萝卜等，中间又放了些做点缀用的热卷和小芝士饼干。潘趣酒放在桌角的位置。我给那些不想掺着喝酒的人准备了足足有八夸脱①的肯塔基威士忌、五夸脱黑麦威士忌和五夸脱苏格兰威士忌，就放在旁边的酒柜里。我还专门从城里请人拉手风琴助兴。"

"可是这么多东西，能吃得完吗？"艾丽西感觉一阵恶心。

"一堆人呢！"雷诺拉急切地说，"我从'老甜心'的老婆开始，打电话通知了所有人。"

"老甜心"是雷诺拉对军营司令员的称呼，当着他的面她也敢这样说。这就是雷诺拉的风格，她在所有男人面前都是一副率真无忌的模样，包括司令员。而司令员也和这里的大多数军官一样，很吃雷诺拉这套。这也难怪，司令员的妻子是个行动迟缓嘴倒很快、没见过世面的胖娘们。

"我一大早过来是想问件事，能不能让阿克莱托过去帮客人调制鸡尾酒？"

"他很乐意帮忙呢。"艾丽西替阿克莱托回答。

阿克莱托站在门口过道上，一脸的不乐意。他幽怨地瞪了艾丽西一眼，去了楼下准备午饭。

"苏西的两个兄弟也在家里帮忙。我的天！我都担心客人怎么吃得完那么多东西，简直是我这辈子见过的食物最多的派对！"

---

① 夸脱，液量单位，等于1/4加仑。1夸脱约等于0.95升（美制）或1.14升（英制）。

"对了,"艾丽西问,"苏西结婚了吗?"

"当然没有!她不会结婚的,十四岁那年她和一个男人在一起时被人抓了现行,以后心里就有了阴影。你怎么突然问起这个呢?"

"有一天深夜,我看见有个男人从后门溜进你们家,将近天亮时才出来,所以才这样问。"

"那是你的幻觉吧。"雷诺拉的语气里有抚慰的意味。她一直认为艾丽西头脑有点不清楚,所以从来不把她的话当回事儿。

"也许吧。"

雷诺拉感到无聊。她想回家,又觉得这么做和自己的原则相冲突。她一贯认为去邻居家拜访,怎么着也得待够一个小时。所以她强打精神,像负有某种义务似的留了下来。她努力摆出一副病恹恹的模样,叹了口气,说道:

"我有没有告诉过你这件事?有一次,一个十三岁的小女孩跟着我们去打狐狸,帮忙看管猎犬,却把脖子摔断了。"

这就是雷诺拉,只要是陪着病人,除了会因为想她喜欢的食物或者运动走神外,只会聊疾病或者一些让人感到恶心的事情。她尤其喜欢说些令人生厌的故事,而且说完就忘,这一点倒也像脑瓜有问题的人。她的故事全是些外出打猎游玩或者运动时发生的意外事故,不仅题材局限,而且内容惨烈,让人不忍卒听。

"告诉过了。"艾丽西极力压住内心的怒气,"你说过五遍了,每次都不忘重复那些可怕的细节。"

"是不是我讲这样的故事让你感到不舒服?"

"非常不舒服。"

"嗨。"雷诺拉并不在意艾丽西对自己的冷淡，点了根烟继续说道，"要是外人告诉你他们是怎么抓狐狸的，你千万别听。两种猎狐狸的办法我都试过。听我说，艾丽西！"雷诺拉口型夸张，仿佛是在对一个小孩子说话，语气里充满了怂恿鼓动的意味，"你知道我们怎么猎负鼠吗？"

艾丽西把床单扯平，点点头说："你们把它们赶到树上。"

"我们徒步！"雷诺拉说，"你说的那是猎狐狸的办法。我有一个叔叔，他在山里有个小木屋，我和我的哥哥弟弟常常去那里住。我还记得我们六七人去猎狐狸的时候，必要等到太阳下山，还要带上狗。晚上冷得要命，有时候为了抓一只狐狸，我们得在山里待一个晚上，还得带上一个跟在后面背玉米的黑人小孩儿。天啊！那感觉简直太好了，好得让人没法形容！"雷诺拉很容易激动，可是她的脑子显然没有储存足够的词汇，帮助她表达内心的情绪。

"还有，六点钟的时候喝杯酒，然后就等着吃早饭。上帝！我们家每个人都说我这个叔叔很古怪，可是你不知道他有多会做饭！打完猎后，饭桌上摆满了鱼子酱、烤火腿、炸鸡，还有手掌那么大的烤饼！"

雷诺拉终于走了，房间里只剩下艾丽西一人。她想哭，也想笑，于是便没头没脑地哭了一阵，哭完后又开始笑，笑得歇斯底里。阿克莱托闻声来到楼上，看到床上雷诺拉刚才坐过的地方有凹痕，伸出手揪展床单。

艾丽西不笑了，没头没脑地说了一句："我要和少校离婚，阿克莱托。今天晚上我就和他讲。"

说完,她看着阿克莱托,对方却没有任何表示。过了一会儿,他才问了一句:"离婚后我们去哪儿呢,夫人?"

艾丽西的脑海里浮现出一系列场景,都是她在无眠之夜想到的——在大学城附近教拉丁文;买一艘捕虾船;让阿克莱托出去打工,自己在租来的公寓房里接些缝缝补补的活儿。可是她听见自己说:"还没想好。"

"不知道彭德顿夫妇听了会怎么想?"阿克莱托若有所思地说。

"这个你不用操心,与我们无关。"

阿克莱托似乎有点不高兴,站在床脚,抓着床上的栏杆陷入了沉思。艾丽西感觉阿克莱托似乎有问题要问自己,于是抬起头看着对方。终于,阿克莱托开口了,用的是期待憧憬的口吻:"我们可以住酒店吗?"

那天下午,彭德顿上尉按惯例去了马厩准备骑马,正碰上值班的二等兵威廉姆(他本来应该四点钟下岗的)。上尉命令二等兵:"给火鸟备好鞍子。彭德顿夫人的坐骑。"他说话时声音高亢,眼睛不看威廉姆,显得十分傲慢。

威廉姆看着上尉那神情紧张的青白色脸庞,身子半晌没有动弹,迟疑地问了一句:"您?"

"给火鸟备好鞍子。彭德顿夫人的坐骑。"上尉重复了一遍刚才的话。

上尉下这样的命令的确让人感到奇怪。在这之前,他只骑过三次火鸟,而且每次都有雷诺拉陪在旁边。上尉自己没有马,连鞍子也是马厩里的。下完命令后,上尉等在马厩外面的空地上。可能是因为紧张,他手里来回揪扯着一副手套。火鸟被牵出来了,可上尉并不满意。二等兵威廉姆给火鸟备的是彭德顿夫人常用的英式马鞍,前后鞍鞒很平。上尉坚持要威廉姆给火鸟换上军队里常用的麦克莱伦马鞍。火鸟那圆圆的紫色的眼睛里现出上尉那张写满了恐惧的湿漉漉的脸。二等兵抓着缰绳帮上尉上马。上马后,上尉身体绷得笔直,脸部表情僵硬,两个膝盖使劲地贴着马鞍。一旁的二等兵面无表情地帮他抓着缰绳。

上尉说:"行了,士兵,正如你看到的,我已经坐好了,这就可以出发!"

威廉姆闻言往后退了几步。上尉夹紧大腿,抓紧缰绳。往常彭德顿夫人一坐上去,这马总要低着脑袋挣着身子闹腾几下。可是今天它却很安静,似乎一门心思只等上尉发出命令。上尉见此,突然幸灾乐祸起来。"啊哈,"他想,"我就知道她把这马折腾得没了精神。"他心里这样对自己说,脚下使劲一蹬,手里扬起那根短短的编成穗儿的马鞭往火鸟身上一抽,马撒蹄朝前跑去。

那天下午天气晴朗,阳光明媚,空气里有一股苦甜的味道。这味道和松针及腐烂的落叶散发出的气味混在一起,让人心头振奋。天蓝得澄澈,蓝得无垠,没有一朵云。火鸟一整天都没有被牵出来遛过,现在突然自由了,跑起来带着股收不住的疯癫劲儿。上尉心里明白,从围栏里放出来的马初尝自由的味道,如果骑马人放开缰绳由着它跑,再收回来不会很容易。可他却并没有照着别人的办法去做,而是由着火鸟的性子,跑了四分之三英里,然后才猛地一拽缰绳。这一拽让火鸟猛地往路边打了个趔趄，又倒退了几步，停下来时变得很安静。看得出它吓了一跳，似乎老实了许多。看见火鸟这副模样，上尉心里说不出地痛快。

上尉又重复了两次这一做法。每次都是逗着马开心，在它觉得可以自由驰骋的时候，突然收紧缰绳。这样的举动对于上尉来说并不罕见。他常常会做出一些不易察觉的奇怪之举，连他本人也很难解释这样做的动机。

第三次的时候，马停住了。接下来发生的事情让上尉的兴奋喜悦一下子消失得无影无踪。火鸟在路边站稳后，脑袋缓缓转过来，看了上尉一眼，又转过去。它把脑袋往下抻了抻，一直向后伸展的耳朵似乎夹得更紧了。

上尉一下子紧张起来，因为他突然意识到火鸟这是要把自己从背上掀下去，不仅仅是掀翻在地，而且要摔死他。上尉其实一直都很怕马，只有迫不得已或者实在想不开的时候才会骑马。他这次之所以没有用妻子的马鞍，换上了旧式的麦克莱伦式马鞍，就是想着一旦发生意外，麦克莱伦马鞍的弓形设计可以让他有个抓手。此时，看到火鸟这副样子，上尉猛地坐直身体，紧紧抓住马鞍和缰绳。这种恐惧来得如此突然，以至于没等可怕的事情发生，上尉已经把脚从马镫里抽出来，同时手护着脸，巡视四周，看哪个地方跳下去会比较安全。不过这种心虚无助的感觉只持续了片刻，当上尉意识到自己是安全的，火鸟并不是要把他掀下去时，便禁不住重新得意起来，任由火鸟向前跑去。

这是一条缓坡路，两旁遍布树林。到达山脊高处后，火鸟仍然跑得很快，驮着上尉向悬崖方向跑去。上尉的视线被绵延数英里的落叶松森林牢牢吸引住了,在湛蓝的天空下方,那片森林仿佛一道黑线。贪恋这幅画面的他,心里升起多看几眼的冲动,手里遂收了收缰绳。就在这时,火鸟突然一个左转身,向山下冲去。

上尉猛地一惊,身子从马鞍上滑脱出去。情急之下,他一把抱住了马脖子。一双脚从马镫里掉了出来,在马肚子附近晃来荡去。终于,他一只手揪住马鬃,另一只手尽力抓紧缰绳,重新坐回到马鞍上。火鸟依旧在道路上疾驰,速度极快,以至上尉一睁眼就感到头晕眼花,身体也颠来颠去,无法坐稳,手里的缰绳一点用也没有。有一瞬间,他突然意识到自己可能根本就不具备驯服这匹马的力量,所以莫不如听天由命。他的每一块肌肉、每一根神经的牵动只有一个目的——抓紧。此时的火鸟变身为一头猛兽,驮着上尉在从树林到悬崖之间的这片旷远开阔的草地上空飞翔。风呼呼掠过,青草在太阳的照耀下变得五彩斑斓。突然,上尉感觉自己被一片阴森森的绿光兜头罩住,马蹄下的道路也狭窄了很多——转瞬之间,火鸟已经驮着上尉奔跑在一片密密层层的阴暗森林里。这时的火鸟丝毫没有放缓速度的意思,上尉已经晕得不行,只得尽可能地把身体往马身上贴过去。沿途的荆棘毫不留情地扯掉了他左脸颊的一块皮。上尉没感觉疼,只看见鲜红的温热的血一滴滴地落在裸露的胳膊上面。他俯得更低,脸紧紧贴在火鸟那布满了短而硬的马鬃的脖子上,拼命抓紧缰绳和马鬃。他尽力把身体往下压,头也往下低,生怕稍一抬头会给树枝折断了脖子。

上尉的脑子里盘旋着三个字,可此时他连喘气都很艰难,已经无法说出话来,只能颤抖着嘴唇,无声地吐出:"我——完——了。"

就在彭德顿上尉对自己能否活下来彻底不抱希望时,他眼里的一切突然变得生动起来,体内也被一股巨大的狂喜之情淹没。这种听天由命却绝处逢生的感觉是上尉从没经历过的。这感觉来势凶猛,就和火鸟刚才猛地调转方向一样让他措手不及。从表面看,上尉一副丧魂落魄的模样,只睁开一半的眼睛迷迷瞪瞪,完全丧失了神气。可实际上,他眼里的世界已经变了,变得宛如万花筒一般生动,每一个画面都深深地烙在他心里,而且都是他以前从未见过的景象。地面纷繁的落叶里探出一朵小花,白白的,一闪而过,美得晃眼;一只小鸟从带刺的松塔尖上振翅蹿上清风徐徐的蓝天;一束明媚的阳光穿透阴暗沉寂的森林——他以前哪里注意过这些?!连空气中的风都如此纯净!他惊讶于身体的紧张感,感受着自己的心跳、血液的流动、肌肉神经的牵动,似乎每一块骨骼都在发力。上尉不再害怕,而是感觉自己似乎飞了起来,飞到意识的最高层面,那里有一个神秘的声音传来,告诉他,他就是世界,世界就是他。上尉几乎已经横趴在火鸟背上,嘴角绽放一抹欣喜诡异的笑容。

上尉不知道火鸟带着他跑了多久,只知道他们跑出了森林,奔驰在一大片开阔的空地上。他隐约从眼角瞥见附近的一块大石头上躺着一个男人,旁边还有一匹正在低头吃草的马。可他还没来得及惊讶,就被火鸟带着重新钻进森林,不过这一次速度放慢了许多。上尉心里恨恨地想:"等这一切结束,再和你算账!"

重新钻进森林的火鸟露出了疲累的迹象,速度越来越慢,终于,精疲力竭地停下了。上尉从马鞍上立起身体,确定周围没人后,冲着火鸟的脸狠狠给了一鞭子。火鸟挣扎着向前跑了几步后,无力地停下。上尉颤巍巍地从马上下来，找到一棵可以拴马的大树。拴马时他很仔细，动作不慌不忙。拴好马后，他从大树上折下一根修长的枝条，使尽全身力气朝马抽了过去。他劈头盖脸地抽着，火鸟一开始还绕着树不停地躲着鞭子，到最后终于躲不动了，不再挣扎，垂下头，叹气一般打了个长长的响鼻。在它的身下，落满了松针的地上出现了颜色很深的一片，那是从马身上滴落的汗水染的。它的毛色变得发暗，给汗水浸湿的马鬃纠结成一小团一小团。上尉身上血迹斑斑，脖子上和脸上布满了被刚硬的鬃毛蹭出来的红疹。他一把扔掉手中的树枝，扔得远远的。其实他心里的火气还没有完全撒出去，但人已经累得撑不住了。他一屁股躺倒在地上，头埋进胳膊里，怪模怪样地大声号哭起来。远远地看去，上尉活像被丢进森林里的断胳膊断腿的木偶小人，正在大声哭泣。

有那么一瞬间，上尉似乎昏了过去，醒过来后眼前浮现出过去的一些片段。那些片段就像闪烁在微微晃动的井水下面的影像，诱惑着井边的人想看得更清楚些。上尉回忆起自己的童年，还有自己那五位从未结过婚的姨妈。他是在这五位姨妈的抚养下长大的。姨妈们除了自己一个人待着时会闷闷不乐外，其他时间都还算开心，总之外人常常听得到她们的笑声。她们从不闲着，经常邀请和她们一样没结过婚的老姑娘一起参加露营、野地聚餐，或者是星期天聚在一起吃顿饭。可是，她们还是拽着孩童时期的上尉一起，共同背负起她们精神上那沉重的十字架。在这样的环境下，上尉从来不知道什么才是真正的爱。他从姨妈们那里得到的不过是些华丽的感情，而他所能回报的也不过是同样虚幻的情感。还有，上尉是南方人，南方人的规矩就是，他要一辈子记着她们对他的爱。母亲的祖先是胡格诺教派的,十七世纪离开法国去了海地,后来那里发生了骚乱,便来到佐治亚州当了庄园主——这是内战前的事。所以说,上尉的背后,是先人们在野蛮时代创造的荣光,是外因导致的穷苦以及家族的荣誉感。可是到了上尉这一代,家族里却没有什么有出息的人。上尉唯一的堂兄在纳什维尔市当警察。上尉自己虽然看似很在意名声,但骨子里其实没什么大志向,不过喜欢拿着家史当门面罢了。

上尉踢了一脚地上的松针,放声号哭起来,哭声在林子里飘荡。哭着哭着,上尉突然僵住了,一股奇怪的感觉止住了他。他突然觉得周围好像有人,于是忍着疼面朝上慢慢转过身来。

就在这时,他看见了两码之外的士兵——那个他一向痛恨的士兵,正背靠一棵大橡树看着自己。一开始上尉以为自己的眼睛出了问题,因为那士兵竟然浑身一丝不挂地站在那里看着他,好像他是一只虫子似的。夕阳照在他那略显瘦削的身体上,反射出一闪一闪的光。士兵的眼睛里流露出让人难以捉摸的冷漠的光。上尉吓了一跳,不知如何是好。他努力咳嗽了一声,想说点什么,但喉头像被什么东西塞住了一般,发不出任何声音。等到他再抬头时,士兵已经把目光转到火鸟身上。火鸟全身被汗水浸得湿漉漉的,背上布满了鞭痕,仿佛只一个下午,它就从一匹纯种马变成了只能用来耕田的骡子。

上尉躺在士兵和火鸟之间。全身赤裸的士兵离开刚才倚靠的大树,直接迈腿从上尉的身体上跨了过去——他竟然懒得绕开躺在地上的上尉。匆匆间,上尉只看清了士兵的那双光脚,骨骼清瘦,脚背很高,上面有几道青色的血管。士兵解开火鸟,伸出手怜惜地摸摸马的鼻子和嘴巴,然后，看也没看上尉，便牵着它重新走进那片茂密的森林。

这一切发生得如此突然，上尉没来得及坐起来或者说句话，士兵已经走了。一开始他只是感到震惊。他冲着士兵那线条分明的背影喊了一声，对方没有回头。上尉立时恼羞成怒，此时的他对士兵痛恨已极——其程度不低于火鸟刚才带他奔跑时带来的极度惊喜——似乎他生命中所有的屈辱、极度的恐惧都转化为深深的仇恨。上尉知道，这种仇恨，浓烈如激情四溅的爱，将会永远停留在他的心里。

上尉费了不少周折才找到那条回营地的路。他走啊走，直到傍晚才找到那条熟悉的小路。

彭德顿夫妇举办的晚宴七点开始，雷诺拉身穿一身奶白色天鹅绒礼服，一个人站在门口迎候参加派对的客人。客人们自然而然对男主人的缺席提出了疑问，雷诺拉的回答是魔鬼抓走了自己的男人，然后又补充说自己也不知道彭德顿上尉去了哪里，从这个家逃了出去也不一定。客人们笑着重复着夫人的话，脑子里想象着上尉肩膀上扛根棍子，棍子上挑着个花包袱，里面还装着他用来记笔记的小本本。有人想起，上尉去骑马时告诉别人说，他要去城里一趟。或许是车在路上出了问题，所以他至今没有现身迎接客人。

餐厅的长桌子上摆满了丰盛的食物，菜肴不停地端上来，空气里溢满了火腿肉、烤排骨的味道和威士忌的酒香味，丰厚香醇得似乎空气也能被当作食物一勺勺地咽下去。会客厅里传来手风琴的演奏声和歌声。那个摆放小餐柜的地方成了宴会一景。站在餐柜后面调酒的阿克莱托满脸不情愿，不仅动作迟缓、态度敷衍，还吝啬得要命，一杯酒最多给半杯。可是他看见孤身一人站在大门附近的魏因切克中尉时，立刻主动为他调制起鸡尾酒来，光是这杯酒就用了足足十五分钟，每一颗樱桃和凤梨都精挑细选。最后，他扔下早已排队等候的军官们，亲自把这杯美酒送到魏因切克中尉面前。房间里语笑喧阗，说话时不断有人插话，有人谈论军队又获得了一笔政府拨款，有人讨论最近发生了哪些自杀事件。当四处寒暄的人们开始用眼睛扫描兰登少校的身影时，一则笑话也开始在派对上悄悄传开——小菲律宾人在兰登少校的尿样被送到医院检测前，往里喷了香水……房间里的人越来越多，场面也越来越乱，楼梯被掉在地上又被踩得稀碎的甜果馅饼搞得乱七八糟。

派对上，雷诺拉热情洋溢地和客人们寒暄着。和负责营地军需供给的上校（他们关系很好）打招呼时，她拍拍对方的秃脑袋，以此证明二人之间的亲密程度。她还特地给那个从城里请来演奏手风琴的年轻艺人送上美酒，嘴里不停地感叹道："上帝！那孩子真有天赋！这可不是瞎说，但凡你哼出来的曲子他都能演奏出来！像'美丽的红羽姑娘'这样的曲子他都会！他什么都会！"

"确实很棒！"少校扫了一眼周围的人群，附和道，"我老婆喜欢古典音乐，这你也知道，就是巴赫之类的东西。可是对我来说，听那些音乐像生吞一堆蚯蚓似的。能不能现在给我们演奏一首《快乐寡妇圆舞曲》，那才是我喜欢的音乐，调子好听极了！"

曲调优美的圆舞曲和将军的到来，让屋子里原本放肆热闹的场面收敛了许多。雷诺拉热心地周旋于客人中间，再一次想起久去未归的丈夫时，已经是晚上八点以后了。一多半客人开始打听男主人的去向，有人猜测上尉是不是遇到了意外，有人甚至猜想上尉也许牵涉进一起丑闻中。就连那几个最早来到派对的客人也没有离开的意思，他们在等着看是否能听到点八卦消息（军营里一向不缺这类消息）。房子里人头攒动，从一个房间到另一个房间必须身形灵活才能过去。

与此同时，彭德顿卜尉正手拿一盏油灯，等在那条骑马专用道路的尽头处。和他站在一起的还有那位掌管马厩的中士。上尉是在天擦黑时回到的营地，他对负责马厩的军官解释说火鸟把他甩下跑了。上尉用水清洗干净脸上又红又肿的伤口，然后开车去了医院，缝了三针。从医院出来，他没有马上回家，不是因为丢了火鸟害怕受到雷诺拉的责备，而是去找那个他仇恨的士兵。那天晚上出奇地暖和，下弦月挂在空中，溶溶月色下的大地温暖且明亮。

九点钟的时候，上尉和中士终于听到了马蹄声。声音里带着从容和不慌不忙的意味。没过多久，二等兵威廉姆那脚步拖沓的身影出现在不远的地方。他手里抓着两匹马的缰绳，人看上去疲惫不堪。他走到举灯的上尉和中士面前，眯缝着眼盯着彭德顿上尉，眼神十分怪异。看到威廉姆这样，蒙在鼓里的中士不知说什么好，于是找了个借口走开了。问题就这样留给了彭德顿上尉。他嘴唇颤抖着，自始至终没有开口，只是不停地眨着眼睛。

威廉姆随即去了马厩，上尉跟在他身后。威廉姆没有理他，也不说话,兀自忙着给那两匹马填料喂草,又拿来刷子给它们刷洗身体。上尉站在栏杆外,看着二等兵伺候那两匹马,目光一直在那双匀称灵活的双手和皮肤细腻的脖颈上徘徊,如痴如醉,欲罢不能——他真想脱了衣服,和士兵光着身子扭打一场。终于,上尉累得站不住了,可在那不停眨巴的眼皮下面,一双蓝眼睛依旧是目光灼灼。士兵平静地干完活后,离开了马厩。上尉跟在他后面,眼巴巴地看着对方的背影消失在夜色里。两个人从始至终没有说一句话。

后来上尉回到车上,才想起今天晚上自己家里举行派对。

阿克莱托很晚才回来,脸色疲惫地站在艾丽西房间门口的过道上。参加派对的人太多了,他累得够呛。"啊,"阿克莱托像个哲学家似的感叹道,"人多到世界也无法呼吸。"

可是艾丽西还是从阿克莱托的眼睛里,看出事情有点不对劲。后来阿克莱托去了卫生间。他卷起身上那件黄衬衫的袖子,一边洗手一边问艾丽西:"魏因切克中尉过来看您了吗?"

"来了,我们聊了好半天呢。"

魏因切克中尉中途过来拜访艾丽西,他看上去似乎很不开心。艾丽西让他到楼下拿来一瓶雪莉酒,两个人一边喝酒一边玩一种叫"俄罗斯庄家"的纸牌游戏。中尉坐在艾丽西的床边,腿上搁着用来放扑克牌的象棋盘。游戏是艾丽西提出来的,可玩了好长时间她才意识到自己的提议是个失误。因为她看出来,中尉一直在掩饰,其实他根本不懂这个游戏的出牌规则。

"他刚得到消息,医疗委员会没有让他通过。他很快就会接到退休通知。"艾丽西说。

"唉,这真让人感到遗憾。"阿克莱托发表意见道,"不过,换了是我的话倒很开心呢!"

艾丽西从卫生间的镜子里看到,阿克莱托仔细看了看医生下午留下的药瓶,倒药时还尝了尝。从表情来看,那药的滋味不怎么合他的味蕾。但是当他回到屋里时,脸上却挂着灿烂的笑容。

"从来没有见过那么大的派对,太让人震颤了!"

"是震惊,阿克莱托,不是震颤。"艾丽西纠正阿克莱托道。

"总之乌泱乌泱的,一片混乱。彭德顿上尉自己都迟到了,派对开始两个小时后才到家。您猜怎么着?我看到他时,还以为他遇到了狮子!他自己说马把他甩下来跑了,他掉进了黑莓林里。真的!从来没见过一个人摔成那样!"

"他摔骨折了?"

"我猜脊梁骨摔断了。"阿克莱托脸上露出幸灾乐祸的表情,"不过他很能撑!自己一个人去了楼上,还没忘穿上晚礼服,装出一副没事儿的样子。现在那些人都走了,只有少校和那个红头发的上校还待在彭德顿上尉的家里——就是那个娶了个鸡老婆的上校。"

"阿克莱托!"艾丽西柔声制止道。她听见过好几次阿克莱托说起"鸡老婆"这个词。一开始她以为这是土话,直到最近才意识到"鸡"是"妓女"的意思。

阿克莱托耸了下肩膀,突然转过身来冲艾丽西嚷道:"我恨这里的人!"他看上去激愤难抑:"派对上有人在说笑话,可是他们没看见我就在旁边。他们太下流了,简直就是拿根本不存在的事侮辱人!"

"你在说什么呀?"

"我不会告诉你他们说的那些肮脏下流的话。"

"好吧,那就忘了吧。"艾丽西说,"回房间吧,好好睡一觉。"

阿克莱托表现出来的愤怒让艾丽西着实担心。她认定阿克莱托现在也开始和自己一样讨厌人群。在她看来,自己这五年认识的人中,除了魏因切克中尉和阿克莱托还有小凯瑟琳外,没有一个好东西。丈夫莫瑞斯·兰登是个粗人就罢了,还愚蠢,还毫无良心可言!雷诺拉呢,那女人就像个动物!偷人东西的温尔登·彭德顿更是无可救药!都是些人渣!她甚至厌恶自己。如果不是抱着肮脏的想法一拖再拖,如果自己还有一丝骄傲,她早就不应该在这间屋子里待着了,更不会今天晚上还躺在这里。

艾丽西扭过脸看着窗外。起风了,楼下传来松了的门板撞在墙上的声音。她拧灭了灯,想看得更清楚一些。猎户星座挂在天幕上,玲珑剔透,清晰可见。森林上方松涛阵阵,像是海浪涌动。她下意识地朝隔壁的房子打量了一眼,却蓦地发现树底下站着一个人。那人显然是拿树做掩护躲在那里,可投射在草坪上的影子却彻底暴露了他的藏身之处。艾丽西虽然看不清楚那人的脸和身形,但意识到那人正在朝上尉屋里窥探。她看着那个身影,十分钟,二十分钟,半个小时过去了,那影子一动不动。艾丽西害怕起来,寻思自己的脑瓜是不是真的出了状况。于是她闭上眼睛,开始数数,七个七个地数,一直数到二百八十才睁开眼睛。影子不见了。

有人在敲门，是少校。见没人应门，他小心地扭开门把手，一边朝里瞧，一边用高到足以叫醒人的声音问："亲爱的，你睡了吗？"

"嗯，睡着了。"艾丽西没好气地回答。

少校马上惶惑起来，不知道自己是该进屋还是待在外面。她在屋子那头，也可以感觉到丈夫又去找雷诺拉鬼混了。

"我明天要告诉你一件事。"妻子说，"你应该知道是什么事，所以，做好准备吧。"

"我可不知道你要说什么，"少校一筹莫展，"我做错了什么？"他想了一会儿，"如果你是要钱买什么东西，那我可没有，艾丽西。我输了钱，足球比赛和赛马比赛押的注都输了。"他小心地带上了门。

已经是午夜以后了，房间里只剩艾丽西一个人。从十二点到天亮的这段时间实在难熬。如果她告诉莫瑞斯自己压根就没睡着，他肯定不会相信。他也从来不信她说自己生病的话。四年以前，她的健康出了问题。一开始他也担心着急，可是随着一个又一个病恙（溃疡，肾病，一直到现在的心脏问题）的出现，他终于承受不住了，选择不再相信她的话。他认为她说自己有病不过是为了推卸责任——在他看来，和丈夫一起运动、在家举办派对这样的事情是女人应该做的。他认为自己选择不相信她的话不失为明智之举，因为对付性格很倔的女人，与其摆出种种理由（甭管这些理由听上去多有道理）拒绝她，莫不如直截了当地给她一个理由——反正说得再多、再好，他也不会相信。艾丽西听见丈夫在他自己的卧室里来来回回踱着步，嘴里还嘟嘟囔囔地说着什么，像是在教育谁似的。艾丽西听了一会儿，拧亮床头灯，看起书来。

凌晨两点钟时，她突然觉得死亡降临到房间，而且今天晚上就要带走自己的生命。她孤身一人枯坐在床上，看着四面墙壁。她虽然年纪不大，但一张脸干瘦凋敝，显得十分苍老。她不停地摇头，又抬起下巴，往侧面使劲扭着，好像一个喉咙被卡住的人。原本安静的房间突然响起阵阵刺耳的声音。浴室里水滴滴到洗手池台上的声音，壁炉台上的钟发出的声音，墙上的挂钟（玻璃罩上面画着几只天鹅）走动的声音，每一声都让人难以忍受。但是最让她受不了的是自己的心跳声。她的心烦乱极了，心脏嘣嘣乱跳——像是快速有力的脚步声，弹起，再重重地落下，每一下都让她的身体颤一下。她挣扎着打开床头柜子的抽屉，动作迟缓地从里面抽出那件织了一半的衣服，在心里不停地对自己说着："我必须想点开心的事情。"

于是她开始想自己生命中那段开心的时光。那年她二十一岁，在一家寄宿学校教拉丁文——给那些女孩子们灌输西塞罗①和维吉尔②。学期结束，她带着挣到的两百元钱来到纽约。在那里，她搭上一辆向北走的巴士，没有目的地，也不在乎自己究竟能去哪儿。车过佛蒙特州时，她在一个看上去不错的小村庄下了车。待了几天后，她租下附近林子里的一座小屋，一个人住了进去。她一直带着那只名为"佩特罗尼亚"的猫——暑期来到之前，她意外地发现这只猫生了一窝小猫，便给它取了一个女性化的名字。后来她又收留了几只流浪狗。她一周去一次村子，买回来一堆狗粮猫食还有自己吃的东西。那个夏天真美好，每天她都可以吃到自己

---

① 西塞罗，古罗马哲人。
② 维吉尔，古罗马诗人。

喜爱的食物——香辣牛肉豆子煲、烤面包片和茶等。下午，她去树林里砍些木头拿回来烧火用。到了晚上，她坐在厨房里，一边看书一边把脚放在炉子盖上取暖。不看书的时候，她会唱歌给自己听。

艾丽西两眼发直地看着床脚，苍白的干裂的嘴唇微微翕动。突然，她感到自己的心脏停止了跳动，毛衣从手里掉了下来，她仰倒在枕头上，嘴张得老大，脸也开始扭曲变形，房间此时似乎成了一座阴森冷寂的孤坟。她心里恐惧极了，想喊，想从这沉默中挣扎出来，可嘴里却发不出任何声音。

有人在轻轻敲门，但是艾丽西已经什么都听不到了，整个人仿佛丧失了意识，连阿克莱托过来握住她的手都不知道。这短暂的一瞬是如此吓人，又如此漫长（肯定有一分钟之久）。终于，她的心脏重新跳了起来。她看见胸前的睡衣在微微颤抖。

"做噩梦了？"阿克莱托小声问，声音欢快，一点沮丧的语气都没有。但是当他低下头看着自己时，她看到他的脸上同样露出一副病态的愁容。不仅如此，他的上嘴唇往后咧着，牙齿似乎整排往前突着。

"我差点吓死。"她对阿克莱托说，"没事吧？"

"一切正常，只不过看上去不太平而已。"阿克莱托从裤兜里抽出一条手绢，放进水杯里浸湿，放在艾丽西的额头上，"我下楼一趟，拿点东西再上来陪你，等你睡着了我再走。"

阿克莱托拿上来他那一套画水彩画的东西，还有一个托盘，上面放着冲好的麦乳精。他重新点着壁炉里的火，又在壁炉前支好一张小桌。阿克莱托的举动让艾丽西感动得想哭，心里温暖了许多，人也渐渐放松下来。阿克莱托把麦乳精递给她,自己则坐回到那张小桌旁,开始舒舒服服一小口一小口地品尝起麦乳精来。这便是艾丽西喜欢阿克莱托的地方——阿克莱托天生具备给任何场合赋予仪式感的能力。他这样做让人感觉,他并不是因为善良在这个死气沉沉的夜晚跑来陪伴一个生了病的女人,而是和艾丽西共同选择这样的方式来度过这段时光,或者说这是一个二人派对。每次他们因为什么事情而持相反意见时,阿克莱托总会选择让步。阿克莱托两腿交叉着坐在桌旁,膝盖上放着一块洁白的餐巾,喝麦乳精的样子就像是在品味一杯美酒。不过艾丽西知道阿克莱托和自己一样,并不喜欢麦乳精的味道。当初他要买下这罐麦乳精,只是因为罐子外面那诱人的广告词而已。

"你瞌睡吗?"艾丽西问阿克莱托。

"一点也不。"可能因为听到"瞌睡"两个字,阿克莱托脸色疲惫地打了个哈欠。为了宽慰艾丽西,他善解人意地转过身,把指头放进张开的嘴里,假装自己是在摸新长出来的智齿,说道:"我下午已经睡了一觉,刚才又睡了一会儿。我还梦见凯瑟琳了。"

阿克莱托的话让艾丽西想起了自己的孩子。她一想起凯瑟琳,就又爱又痛,仿佛有块石头压在胸口上。时间没有冲淡这种失去至爱的痛苦,只不过她学会了控制自己的感情——她还能怎么做呢?在那十一个月里,她经历了从一开始拥有孩子的快乐,到后来孩子生病带来的焦灼与痛苦。孩子死后,有一阵她似乎麻木了,似乎丧失了所有的感情。后来他们在当时驻扎的营地里找了块墓地,埋掉了那个孩子。可艾丽西一直都无法忘记躺在墓地里的那个瘦瘦的病恹恹的小孩子的模样。想到那孩子会一点点地腐化,剩下几块孤零零的骨头,她就惶惶不安。终于,在办完了烦琐的手续之后,她又让人把那具棺材打开,从里面拿出剩下的骨殖,交给芝加哥的殡仪馆火化,然后把骨灰撒在雪地上。那孩子成了她和阿克莱托两个人必须回忆的一部分。

等到感觉自己的声音能够平静点了,艾丽西问:"你梦见了什么?"

"很可怕,她好像是我手里的蝴蝶。我把蝴蝶放在膝盖上,仔细呵护着——然后画面变了,好像是您,往它身上倒开水。"阿克莱托语气很平静,一边说一边打开那个放颜料和画笔的盒子,从里面拿出画笔,又把各色水彩颜料放在眼前,然后铺好画纸。炉火照在阿克莱托苍白的小脸上,两只黑眼睛熠熠闪光。"然后梦境变了,这次膝盖上换成了少校的靴子,就是那双我一天要擦两回的靴子。我往靴子里一瞧,里面是一群刚出生的小老鼠,身子光溜溜的,不停地蠕动着。我赶紧抓牢靴子口,生怕它们跑出来爬到我身上,呃!那些老鼠就像——"

"别说了,阿克莱托!"艾丽西制止阿克莱托,身体颤抖着,害怕得不敢听下去了,"请别再说了。"

阿克莱托开始画画,画笔伸进水杯后,杯子里立刻洇出一团淡紫色的水雾。阿克莱托脸色严肃,不时靠近画纸仔细端详,有时还拿起桌子上的尺子画上几道找尺寸。艾丽西一直觉得阿克莱托颇有绘画天赋。阿克莱托干其他事情也不错,不过没什么创造性——兰登少校也说过阿克莱托是个小猴子,还算聪明——只有在水彩画上,很有些天分。想当年他们在纽约驻扎时,阿克莱托常常跑到城里去参加艺术学院学生联合会举行的画展。艾丽西看到人们不止一次跑来看阿克莱托的画作时,一点都不感到惊讶。她很为他骄傲。

阿克莱托的画既粗犷又细腻，吸引人们再三地驻足观览。只有一点让艾丽西感到遗憾，那便是很难说服阿克莱托更加刻苦些，无法尽最大可能挖掘他的这一天赋。

"梦的含义，"阿克莱托语气柔柔地说道，"想起来都很奇怪。在菲律宾，下午的时候人躺在床上，脑袋下面的枕头潮潮的，太阳照在房间里，就连梦里出现的也是那样的场景。可到了北方后，梦里只有傍晚时飘着雪花的天空。"

艾丽西又开始感到焦虑不安，她的心思似乎转到其他事情上了。她突然打断阿克莱托："告诉我，今天早晨你擦靴子的时候说要去魁北克开间布店，你真有这样的计划？"

"当然。为什么这么问呢？"阿克莱托说，"您知道我一直都想去魁北克看看。还有，再没有比每天摸着那些美丽的亚麻布更让人高兴的事情了。"

"这就是你心里想的？"艾丽西虽然在问阿克莱托，但语气里全然没有问话的意思，所以阿克莱托没有回答她。于是艾丽西接着问道："你银行里存了多少钱？"

阿克莱托抓着画笔的手在水杯上方停留了片刻，说："四百块零六分。您想让我把钱全取出来？"

"现在不用，不过我们以后也许需要。"

"求你！"阿克莱托说，"别再瞎想了，这对你没有任何好处。"

壁炉里的火还在燃烧，橙红色的火光照着房间的各个角落，火苗在地上投下灰色的颤抖的影子。这时候,钟响了三下。

"看!"阿克莱托突然说了一句,他把眼前的画卷起来扔到一旁,然后双手托腮默不作声地看着壁炉里的火,似乎想起了什么,"一只孔雀,身上的绿色看上去有点吓人,长着一只巨大的金色眼睛。眼睛里的映象小而——"

阿克莱托食指和拇指捏在一起,好像在想一个合适的词,墙上出现了那只手的影子,放大了几倍。"小而——"

"诡异。"艾丽西替他说出那个词。

阿克莱托点点头:"对!"

阿克莱托转过身去,重新拿起画笔。就在这时,原本安静的房间里突然出现了响声——也许是对艾丽西话音的最后一个声调的记忆——他猛地从桌旁站起来,嘴里喊了一声:"噢,不!"因为用力太猛,他碰倒了那个用来涮笔的水杯。水杯掉在台子上,碎成了几块。

那天晚上,威廉姆在上尉夫人的房间里待了整整一个小时才离开。

他一直躲在树林边等到晚宴散场。雷诺拉回到卧室后没多久,士兵便像以前一样悄无声息地溜了进去。银色的月光从窗户里泻进来,屋子里清冷素洁。雷诺拉躺在床上睡着了,身上的缎子睡袍褪到了腰间。士兵半蹲在那里打量着睡梦中的女主人。中间他小心翼翼地伸出手去,用拇指和食指捻了捻那件缎子睡袍。刚才进房间的时候,他已经留意了屋子里的摆设。他一脸疑惑地站在梳妆台前,对着那些瓶瓶罐罐、粉扑和其他女性用品琢磨了一番,又拿起一个可以喷的香水瓶来到窗前,借着月光想搞清楚这东西的机关。看到桌子上的盘子里放着一个吃了一半的鸡腿,他也拿起来,闻了闻,然后咬了一口,重新放到盘子里。

他半蹲在床边,眼神迷离,嘴角挂着一抹憨笑。床上的雷诺拉翻了个身,嘴里嘟囔出一句梦话,重新睡了过去。士兵见此,忍不住伸手摸了摸散落在枕头上的一缕秀发。

已经是凌晨三点多了,二等兵突然站直身体,警觉地看了一眼周围,仿佛在听屋子里的动静。其实他自己也不知道为什么会这样做。这时邻居家的一个房间突然亮了灯。黑漆漆的夜色中,传来一个女人的哭泣声。又过了一会儿,一辆汽车停在了邻居家的前面。他急忙溜出雷诺拉的卧室,对面上尉卧室的门依旧关着,黑漆漆的走廊瞬间吞没了他的身影。不一会儿,那身影重新出现在林子边缘的小路上。

二等兵威廉姆几乎两天两夜没有合眼了,他的双眼因为过于疲倦而浮肿得厉害。那天晚上他从上尉家溜出来后便迷了路,绕着营地走了大半圈才找到那条最近的小路。他一路上没有碰到卫兵,到营房后倒头便睡。拂晓时分,很多年没做梦的他做了一个梦,在梦里喊出声来,吵醒了睡在他对面的士兵。那士兵朝他这边扔了只鞋表示抗议。

因为二等兵威廉姆在这个营房里没有什么朋友,所以他这些日子的神出鬼没并没引起其他士兵的注意。有人猜他是有了女人。军营里的很多士兵都在外面悄悄结了婚,偶尔晚上跑去城里陪老婆也算正常。一般来说,营房晚上十点准时熄灯,但是很多人这时候都不在屋里。有时候,特别是每个月的第一天，士兵们常常躲在厕所里打一晚上扑克。有一次，威廉姆三点钟回到军营时碰见了守夜的卫兵。但是因为他已经在这个军营里当了两年的兵，卫兵认识他，所以并没有盘问他的行踪。

后来的几个晚上，威廉姆的作息正常了许多。傍晚，他依旧坐在营房前的长凳上，晚上则跑去电影院和体操馆等供士兵娱乐的地方待着。体操馆一到晚上便成了溜冰场，音乐四起。场馆的一角被辟出来供士兵休息，他们可以找张桌子坐下，买上几杯冰凉的泛着泡沫的啤酒慢慢喝。威廉姆在那里喝了人生中第一杯酒。体操馆里充斥着冰鞋辀辘碾轧地面发出的声音，空气里闻得到汗味和地板蜡的味道。三个正在休息的老兵看见威廉姆离开座位，向他们这边走过来并坐下，不由得诧异起来。威廉姆直瞪瞪地看着他们，一副想问点什么的样子，但终于没有说出口，坐了一会儿就走了。

二等兵威廉姆不善交际，和他在一个营房里睡觉的士兵有一半都叫不出他的名字。实际上他在军队里的名字并不是真实姓名。入伍那天，一位上了年纪的、看上去练达且目光灼灼的中士瞅了一眼他的名字——L. G. Williams——后，立刻凶巴巴地嚷道："把名字写全了，屁也不懂的乡巴佬，给我把名字写全了！"威廉姆愣住了，过了好一阵才磕磕巴巴地回答说 L. G. 就是他的名字，他只有这一个全名。"可是你不能用这样一个名字跑来当兵吧！"中士说，"我给你改成 Ellgee，行吧？"二等兵威廉姆点点头，神色茫然。看到他这副模样，中士爆发出一阵大笑。"现在都是些傻子来当兵了！"说完，他低头继续整理桌上的文件。

已经十一月了。整整刮了两天的大风扯光了小路旁枫树的叶子。树底下，金黄色的枫叶织就了一张松松软软的毯子。天空堆满了变幻莫测的白色云朵。第二天下起了雨，雨水打湿了地面，那些美丽的落叶被风雨蹂躏，被行人践踏，最后被耙子耙走。雨后，天空重新变得清明，只是树愈发显得干巴，枝干分明，在冬日的天空下宛若线条清晰的金银丝线手工艺品。清晨起来时，枯萎的荒草上处处凝结着白霜。

休息四天后，二等兵威廉姆又去了彭德顿上尉的房子。因为早已掌握了这家的作息习惯，这一次他没有等书房里的上尉回屋休息，便于午夜时分溜进了雷诺拉的卧室，在那里待了一个小时左右出来，然后站在窗户外面，好奇地看着书房里的上尉，一直到上尉两点多回卧室才离开。为什么这样做，二等兵自己也不知道。

不管是站在外面看着屋里的人，还是躲到上尉夫人的房间里，他都不曾害怕过。其实士兵完全是凭感觉行事，而非深思熟虑。在这个过程中，他既没有想自己做过什么，也不去判断当下的行为是否正当。对他来说，感觉引导着他去做这些事情。五年前，他杀死过一个人，那是一个黑人。两个人因为争抢一辆推粪用的独轮车而发生口角，威廉姆一怒之下用刀捅死了那人，并弃尸于一处废弃的采石场。至今他的记忆里还留着血的刺眼颜色，和拖着尸体穿过树林时的沉重感。他记得那是七月的下午，太阳酷烈，空气里飘浮着尘土和死亡的气息。当时他手足无措，沮丧麻木，却没有一丁点儿害怕的感觉，而且事情过去后认为自己是谋杀犯的想法也从来没有在脑海中出现过。如果我们把人类的心智活动比作一块编织细密、五彩缤纷的挂毯，把来自感官的东西比作挂毯的颜色，把大脑千回百折的思想活动比作挂毯的图案，那么二等兵威廉姆的心智挂毯虽不缺五彩缤纷的感官颜色，但因为缺乏清晰的构图而一片混沌。

　　冬天到了，二等兵威廉姆突然发现上尉这段日子总是跟着他。比如说，上尉一天要光顾马厩两次，脸上还挂着伤痕就要去骑马。每次把马还回来后，他并不急着走，而是在马厩附近徘徊好一阵才离开。有三次，威廉姆在打饭的路上发现，上尉在离自己十码远的地方。平时走在路上，他常常会遇见上尉。不过即便如此，他也总觉得是巧合罢了。后来，两个人又一次擦肩而过，威廉姆走了一阵后回头向身后望去，发现上尉在不远处跟着自己。当时是黄昏时分，暮霭给天空平添了一抹淡淡的紫色。上尉的那双眼睛熠熠闪光，眼神镇定、冷酷。一分钟后，两个人像是约好了似的，同时转过身去，各自向相反的方向走去。

第四章

▲

在军营里，军官想和征募来的士兵成为朋友不是一件容易的事儿。彭德顿上尉对这一点深有体会。如果他是像兰登少校那样一步步提拔上来的军官，先是在连里当头儿，然后升到营长或团长，和手下打交道的机会自然会很多。兰登少校几乎认识手下的每一位士兵，叫得出他们的名字。但是彭德顿上尉不同，他的工作是在课堂上教书，很难和士兵们打成一片。除了去二等兵那里骑骑马（这段时间，上尉开始勇于尝试高难度骑马动作），他找不到任何其他接近的机会。

其实上尉十分渴望和二等兵威廉姆建立一种亲密的关系，甚至到了想起这事儿便会心口疼的地步。他被这痴心妄想折磨，于是开始频繁光顾马厩，哪怕有一丁点说得过去的理由都不肯错过。每次去马厩，二等兵威廉姆都会给他备好马鞍，并在他上马的时候替他抓着马嚼子。一想到即将见到士兵，上尉的脑袋便一片空白。如此短暂且存在距离感的接触让他痛苦万分、备感折磨。他的感官似乎出了问题，每次靠近士兵时，他便仿佛失聪失明一般；只有当他骑到远处，只剩自己一个人的时候，脑海里才会现出刚才的一幕。回想起年轻士兵的脸（冒着傻气的眼睛，肉感的湿漉漉的嘴唇，伺候人的小男孩常留的略显稚气的刘海），他更是心中大乱。士兵很少开口说话，即便如此，上尉还是对那含糊不清的南方口音有一种刻骨铭心的印象。对他来说，二等兵说起话来就像唱歌，歌声从他的脊背钻进来，牵扯着他的心。

每到傍晚时分，上尉满怀和二等兵相见的渴望，在马厩和营房之间的道路上迂回往返、辗转徘徊。瞥见对方远远地走过来，他立马感觉喉咙发紧，紧到咽口唾沫都十分困难。二等兵走起路来总是一副吊儿郎当的模样，却自有一种味道。两个人打照面时，二等兵威廉姆会敬个礼，敬礼的样子也是吊儿郎当的，眼睛从不看上尉，目光从上尉的肩头上方飘过，落到远处某个地方。一次，两人面对面而行，还隔着一段距离时，上尉注意到二等兵正在剥一块长条形的糖块，随手一丢糖纸，糖纸飘到路边干净的草坪上落下。上尉似乎对这种随手乱扔的行为有点不满，走过去后，又返回来，从地上捡起那张糖纸（是"宝贝露丝"牌的糖），放进自己的口袋里。

彭德顿上尉一直过得枯燥、无趣、冷静，从没有自问过为什么会对一个二等兵产生这样奇怪的仇恨。这种仇恨甚至让他难以入睡，有那么一两次，他吃速可眠过了量，昏睡了很长时间，好久都醒不过来。他也隐约觉得自己似乎出了问题，这样很不正常，不过，他并没有特别当回事儿。

一天下午，他开车经过营房前，看见威廉姆一个人摊手摊脚地躺在门口的长凳上打盹，于是便把车停在稍远的地方，坐在车里静静地注视着他。彼时天空变成浅浅的绿色，冬天的夕阳在地上给周围的景物拉扯出长且清晰的影子。晚饭的号声响起时，威廉姆起来去了营房，他刚才躺着的地方马上变得空荡荡的。坐在车里的上尉没有动，眼睛依旧紧紧地盯着那片空地。

夜色降临了，营地里所有的屋子都亮起了灯。营房一楼的休息室里，士兵们有的在打台球，有的捧着杂志在读。这一幕让上尉忆起食堂餐厅里熟悉的场景——长长的桌子摆成几溜儿，上面整齐地放着热气腾腾的食物，饥肠辘辘的士兵嘻嘻笑着，边吃边聊，一派其乐融融的友爱场面。上尉和这些应征入伍的士兵一点都不熟悉，至于营房里士兵的生活画面究竟什么样，他全靠想象。上尉一直对中世纪抱有好奇，曾经仔细研究过欧洲封建时代的历史。想到在这个四四方方的军营里，有两千多士兵在这里生活，他的心里突然涌上一种孤独的情绪。他在黑暗中看着营房，脑子里想象着房间里站满士兵的画面，耳畔回荡着各种各样的喊声和铃声，眼泪顺着脸颊滑下，泪水模糊了他原本呆滞的双眼。一种苦涩的孤独感开始一点点啃啮他的心，他再也忍受不了，发动车子，风驰电掣般地开回了家。

雷诺拉·彭德顿正在林子边缘的吊床上休息，看到丈夫回来，便起身回到屋里去了厨房，给正在那里忙乎的苏西帮忙。前两天，一位朋友送给她六只鹌鹑。想到两个多星期以前，艾丽西参加完家里的聚会后心脏病发作，现在一直躺在床上静养，雷诺拉打算用鹌鹑做一顿大餐送给她尝鲜。她和苏西找来一个超大的银托盘，先把两只鹌鹑和几样蔬菜盛在一个小点的盘子里（菜汁、肉汁汇到盘子中间，形成了一个小水汪），再把这个小点的盘子放在巨大的托盘上，又在大托盘上放了很多可口的食物，直到堆满。雷诺拉端着托盘在前，后面跟着也端着一大盘子食物的苏西，一步三摇晃地向少校家走去。

"你怎么不把莫瑞斯带到咱们家来？"从少校家回来后，丈夫这样问雷诺拉。

"可怜的人，他不在家，这阵子在军官俱乐部吃饭。你自己想想是怎么回事吧。"雷诺拉回答。

那天晚上，他们吃完晚饭后要外出参加聚会。夫妻两人站在客厅的壁炉前，有一搭没一搭地说着话，壁炉台子上摆着一瓶威士忌和两个酒杯。两口子早已打扮停当，雷诺拉穿一件红色的绸绸裙子，上尉一身燕尾服。他看起来很紧张，手里的酒杯不停地发出冰块的叮当声。

"哈！听着！"上尉突然开口道，"我今天听说了一件有意思的事情。"上尉把食指放在鼻子一侧，嘴角向两边咧开。看来他刚才已经想好了一个段子——上尉有些幽默感，善于讲嘲弄人的段子。

"不久前有个电话打到将军那里，副官听出是艾丽西的声音，便马上给将军接通。'将军大人，我有个请求，'将军听见电话里的人彬彬有礼、不慌不忙地说，'我想请您亲自过问一下，能不能让那个士兵别每天早晨六点钟就爬起来吹号。号声扰得兰登夫人根本无法休息。'将军沉默了一会儿，说：'很对不起，我没有完全明白您的意思。'于是电话那头的人又重复了一遍刚才的话。过了好久,将军开口问:'您是哪位呢?'那人回答:'我是阿克莱托,兰登夫人的家仆①,谢谢您。'"

说完自己编的这个笑话后,上尉便闭上了嘴。他属于讲完笑话自己能忍住不笑的那类人。不过雷诺拉并没有笑,她显然被丈夫的笑话搞糊涂了——她理解不了里面的讽刺意味。

"他说自己是什么?"她问上尉。

"他说自己是'家仆',用法语说的。"

"你是说阿克莱托给将军打电话说起床号的事?这事儿可真够新鲜的,简直让人不敢相信!"

"真笨!这不是真事儿,只是一个笑话、一个故事而已!"

雷诺拉还是没有明白。她不善于八卦。其实最重要的是,她不会想象一件身边没有发生的事情,这对她来说很难;还有,她很善良,没有什么恶意。

"为什么?这也太刻薄了!"她说,"如果是没有的事儿,为什么人们要不嫌麻烦地去编造这样的故事呢?这让阿克莱托听上去像个傻子!你觉得是谁编的这个故事?"

上尉耸了耸肩膀,一口气喝完杯里的酒。他编了很多关于艾丽西和阿克莱托的荒唐故事,这些故事在营地里广为流传。上尉本人对编造这些故事乐在其中,并对自己在构思以及考虑细节方面的能力十分得意。他每次传播这些故事时都很谨慎,尽量给人一种从别处听来复述给对方

---

① 原文为法语。

的感觉。这是因为他不想让人知道自己是第一个讲这故事的人。这并非出于谦虚,而是害怕有一天这些故事会传到少校耳朵里。

今晚,上尉没有从新故事里得到乐趣,房子里只有他和妻子。上尉又一次伤感起来,就像他那天坐在车里,看着灯火通明的营房时一样。他的眼前出现了二等兵威廉姆的手,那是一双棕色的十分灵巧的手。上尉的身体不易察觉地抖了一下。

"你在想什么呢?"雷诺拉问。

"没想什么。"

"可是你看上去有点不对劲。"

他们原打算接上少校一起去赴宴,就在这时,少校来电话了,说先去他那里喝一杯再走。夫妇俩应邀过去。少校告诉他们艾丽西在楼上睡着了,两人便没有去楼上探望。三个人坐下喝酒,因为时间有点紧,他们喝得很快。喝完酒后,个子矮小的阿克莱托走了出来,给少校拿来一件晚上穿的斗篷,让他披在制服外面挡寒。阿克莱托把他们三个送到门口,嘴里甜甜地说:"希望今晚你们玩得开心。"

"谢谢你,希望你也过得愉快。"雷诺拉感谢阿克莱托道。

少校不像雷诺拉那么天真,他狐疑地打量了阿克莱托一眼。

阿克莱托关好门后,急忙跑到客厅窗帘后面,小心地拉开一道缝儿,观察着院子里的动静。少校三个人并没有马上离开,而是站在台阶上抽起烟来。阿克莱托眼睛睁得老大,恨得牙痒痒。刚才这三个人在厨房里喝酒时,他想到一个主意,悄悄从玫瑰花圃里捡了三块砖头,放在院子里小道上灯光照不到的地方,同时心里暗暗祈祷让这三个人一会儿狠狠地摔个跟头，像地滚球那样摔得稀里哗啦才好。可是少校和上尉夫妇抽完烟后径直穿过草坪，上了停在上尉家门口的车子。阿克莱托见此气得狠狠地咬了下大拇指，又匆匆忙忙跑出去，把那三块砖头拿开——他可不想让其他人误入自己刚才精心设下的"陷阱"。

那天晚上，少校和上尉两口子去了马球俱乐部，和往常一样，玩得很尽兴。彭德顿夫人照例受到了年轻军官们的爱慕和关注。上尉则独自去了阳台，喝了不少酒，和一位据说以机智著称的炮兵军官聊得十分投机，也算是为自己的新故事找到了倾听者。兰登少校则待在休息室里，和那些老哥儿一起聊政治、钓鱼和养马。因为第二天早上还要出去追猎，三人便于十一点左右离开了俱乐部。夜深了，艾丽西躺在床上，昏昏欲睡。阿克莱托帮女主人打完针后，便回到卧室躺下，背倚着枕头睡了过去。他喜欢这样睡觉，因为艾丽西就是这样的，虽然这个姿势并不能让他很舒服地入睡，甚至很难睡个好觉。少校到家后，回到卧室躺下，很快就进入了梦乡。那厢的雷诺拉和少校一样，在自己的卧室睡着了。彭德顿上尉则去了书房，待在里面不出来。已经是十一月了，没有风的晚上，空气里依然洋溢着松树的清香。草坪看上去很黑，那是它周围物体的影子。

半夜的时候，睡得迷迷糊糊的艾丽西醒了。她是做着梦醒的，那些梦一个接一个，似乎把她带到了童年。梦中的她并不想醒来，但是没用，她还是醒了，不光醒了，脑子还特清楚。她瞪着两只大眼睛看着窗外黑沉沉的夜色，忍不住又哭了起来。这神经质的懦弱哭声似乎属于某个躲在暗夜里的受苦人，而不应该从一位少校夫人的嘴里发出来。过去的两个星期里，身体染病的艾丽西经常用哭来打发日子。医生让她卧床休息，说若是她的病再发作的话，很可能会危及生命。艾丽西并没有把医生的话放在心上。她一直觉得那医生水平一般，不过是个待在军队里靠锯人骨头赚钱养活自己的主儿，或者说是一头爱尥蹄子的头号蠢驴。他虽然是医生，却是个酒鬼。一次，他和艾丽西争执起来，非说莫桑比克在非洲的西边而不是东海岸，直到艾丽西当场拿出地图指给他看，他才认错。因为这些，艾丽西对医生给她的忠告、建议，从来都是左耳进右耳出。艾丽西躺在床上，又开始烦躁起来。她想起两天前，自己趁着丈夫和阿克莱托不在屋子里，半夜从床上爬起来，下楼弹了一会儿钢琴。当时她很开心，上楼时虽然步子迈得有点艰难，但没有感到任何不适。

这种被困的感觉，这种只能等待身体好转才能按计划做事的状态，让艾丽西变得不好伺候。本来有个从医院来的护士照顾她来着，可阿克莱托和那护士不对付，结果护士只待了一个星期便走了。一天下午，艾丽西听到附近有小孩在喊叫——小孩子玩耍时吵吵嚷嚷是经常的事，但是艾丽西却莫名地认为那孩子肯定是被汽车撞了。她催阿克莱托出去查看，他回来报告说是孩子们在玩"我是间谍"的游戏，可艾丽西依旧紧张得不行。就在前一天，她闻到屋子里有烟味，非说房子着火了。阿克莱托把房子里查了个遍，没发现任何异常，艾丽西却很难松弛下来，一副惶惶然的样子。这些日子，任何突如其来的声音或者一点点和平常不一样的事情都会惹她哭个没完。看到艾丽西这样，阿克莱托担心得直啃指甲，都快把指甲啃没了。少校却躲得远远的，一副离家越远越好的样子。

艾丽西躺在床上，黑夜里一个人低低啜泣。这时，她发现自己又一次出现了幻觉，因为她看到窗外彭德顿家的草坪上闪出一个人影。一开始那人影靠着一棵松树站着，一动不动。过了一段时间后，影子动了，穿过草坪，从后门飘进了屋子。艾丽西瞪大眼睛盯着那黑影，心里又惊又怕。她突然意识到，这个躲躲藏藏的影子是自己的丈夫！他这是偷偷溜去找雷诺拉鬼混，丝毫不顾忌还在书房里读书的彭德顿上尉！艾丽西控制不住，跑到卫生间里呕吐起来。吐完后，她找了件大衣披在睡袍外面，蹬上鞋出了大门向隔壁走去。

虽然她不喜欢和人吵架，但此时已根本顾不上考虑那些了。她径直穿过彭德顿上尉家的前门，砰地关上大门。客厅里只有一盏灯亮着。气喘吁吁的艾丽西几乎是爬到楼上的。雷诺拉卧室的门敞开着，一个男人半蹲在床边。艾丽西一脚迈进房间，随手打开了门口角落里的电灯开关。

灯亮了，那是一个士兵！他欠身站起来，眼睛眨巴着，手搭在窗沿上。睡梦中的雷诺拉翻了个身，嘴里嘟囔了一句，面朝墙重新睡了过去。艾丽西站在门口，惨白的脸因为惊讶而扭曲着。接着，她一言不发地从雷诺拉的卧室里退了出来。

书房里的彭德顿上尉听到了刚才的开门声和关门声。他感觉到事情不对，但是没有起身，而是一脸紧张地坐在桌旁等着，用牙齿一点点地啃着手上的橡皮，其实自己也不知道究竟在等什么。有人在敲书房的门。没等他反应过来，艾丽西已经冲了进来。上尉十分诧异，带着紧张不安的神色强笑着问：

"出了什么事，这么晚了还要您亲自跑一趟？"

艾丽西没有回答上尉，手里一个劲儿地往上拉大衣领子，想盖住脖子。过了好半天，她说了一句："您最好去您妻子的房间看看。"声音死气沉沉，似乎刚才那一幕带来的震惊让她心如死灰，丧失了情感。

艾丽西的这番话和她脸上的奇怪表情着实让上尉吃惊不小。不过和内心的慌乱相比，保持镇定的想法还是占了上风。上尉的心里闪过各种各样的念头。艾丽西的话只能意味着一件事情：莫瑞斯·兰登这会儿正在雷诺拉的房间里。不过他又觉得不对，那两个人不会如此毫无顾忌、有失体面吧？如果那样的话，他们俩也太不把自己放在眼里了！上尉脸上露出甜腻腻的克制的笑容。可以说，从那张脸上，你看不到任何生气、怀疑和恼羞成怒的表情。

"请坐，亲爱的，"上尉用一种慈祥（不能再慈祥了）的口吻说道，"您不应该这样跑来跑去。我现在送您回家。"

艾丽西目光灼灼地盯着上尉，脸上带着一种猜谜人才有的迷惑不解的表情。过了一会儿，她缓缓地说道："你不是在告诉我，你知道这件事却不想管吧！"

上尉还是没有动，只是说："我送你回家。你丢了魂儿，不知道自己在说什么。"

说完这句后，他起身疾步走到艾丽西跟前，挽起她的胳膊，连拖带拽地裹挟着她下了楼。他带着她走过草坪，手底感觉到大衣下艾丽西在用两只胳膊抵他，反抗他，不过那反抗弱弱的，没什么力气。少校家的大门开着，上尉没有直接进去，而是不停地按着门铃。过了一会儿，阿克莱托跑到客厅里，从他手里接过艾丽西。上尉正准备离开，看见莫瑞斯·兰登少校从卧室里出来，站在二楼的楼梯旁。上尉不及细想便回了家，到家后才觉得事情有点蹊跷，但很快又释然了——让艾丽西去解释这一切吧。

第二天早晨，彭德顿上尉坦然地听闻了兰登夫人彻底疯掉的消息。他一点都不感到惊讶。中午时分，整个营地都在传这件事。（人们说少校夫人的病是"精神失常"，但没人相信这个说法。）整个上午，少校站在妻子卧室的门口，浅色的眼睛里满是愕然，手臂上搭着毛巾，时不时抬起胳膊揪着自己的耳朵，再拨拉几下耳郭。上尉两口子去了少校家，看能帮上什么忙，少校从楼上下来迎接他们。他看上去很不自然，脸红红的，泛着羞愧之色，用一种奇怪的正式得不能再正式的方式和他们握了手。

除了医生，兰登少校没和任何人说这场悲剧的细节。他把这事视为秘密，不想让任何人知道。艾丽西没有像他想象中的疯子那样，撕扯床单或者口吐白沫。凌晨一点钟，她身上只披了件睡袍，被上尉送回家。她告诉少校，雷诺拉不仅欺骗了她的丈夫，而且连少校也骗了，和一个当兵的好上了。又说她要和少校离婚，但她没有钱，如果少校能借给她五百块钱的话，她将不胜感激；她可以按百分之四的利息还钱，由阿克莱托和魏因切克中尉做保人。少校对妻子的话感到十二分惊诧，一连问了好几个问题。她回答说她要和阿克莱托一起做生意，也许买条捕虾船。说话间，阿克莱托已经把她的行李箱拖到房间里。整个晚上，阿克莱托忙着打包行李，艾丽西在旁边看着。有时两个人也停下手中的活儿，坐下来喝杯热茶，研究一下地图，看能去哪里。晨曦微明时，他们定了下来，说要去南卡罗来纳的莫尔特里。

上校大惊。他站在妻子房间的角落里，一句话都不敢说，只是瞪眼瞅着这两个忙着打包行李的人。过了好久，他才慢慢反应过来艾丽西说的那些话。这些话一点点渗透到他心里，逼着他想：她是疯了。他收走了她用来剪指甲的剪刀和火钳，然后下楼，来到厨房喝起酒来。他坐在那张桌子旁边，边喝边哭，泪水打湿了他的胡子。他抿着胡子上的苦涩泪水，悲伤不已，同时也不无惭愧，仿佛这事关他自己的体面。桌上摆放着威士忌，少校喝得越多，越对自己的不幸难以释怀。喝到中途，他甚至翻着白眼，仰头望着天花板，用悲愤的口气在黑暗中大声喊着：

"上帝！哦，上帝！"

喊完他开始用脑袋撞桌子，一直撞到头上起了大包才打住。到早晨六点半的时候，他已经喝了足足一夸脱的威士忌。这之后他洗澡，穿衣服，给艾丽西的医生打电话。医生是少校的朋友，他的军衔是上校。少校的医生朋友又叫来一名医生，两个人在艾丽西的鼻子前面划着火柴，问她各种各样的问题。少校从艾丽西卧室卫生间的衣架上取下一条毛巾，搭在自己胳膊上。这不但让别人感觉他已经做好了应急准备，对他自己来说也是个安慰。上校在离开时，和少校讲了一些事情，其间好几次提到"心理学"这样的字眼。少校只是在上校说完每句话后，木讷地点点头。医生最后建议把艾丽西送去疗养院，而且要尽快。

"可是有一点，"少校无助地说道，"绝对不要让他们给她穿约束衣，不要把她送到那样的地方。明白吗？找一个允许听音乐的地方，一个比较舒适的地方。您懂我的意思吧？"

两天内，他们便为少校夫人选好了地方，在弗吉尼亚州。因为着急，他们选择那家疗养院的依据更多是价格（贵得惊人），而不是声誉。得知这件事情时，艾丽西只是听着，似乎并不情愿。阿克莱托也会跟着去。过了几天，三个人一起坐火车离开了军营。

这家位于弗吉尼亚州的疗养院既接受身体有恙的病人，也接受精神有问题的患者。那种大脑和身体都出了问题的病人就特殊些。里面住了很多头脑不清楚的老头儿，他们看上去呆头呆脑，似乎连自己要去哪儿都不知道，你稍不注意就可能被他们踩上一脚。这里还收留了一些吸毒的妇女和染了酒瘾的有钱人。这家疗养院有个很漂亮的露台，每到下午，病人们可以到那里喝茶。花园修剪得整整齐齐，房间里的装修也很豪华。少校很满意，想到自己付得起这所疗养院的费用，心里甚至还有些得意。

艾丽西一直没有任何表示。那天晚上，直到吃饭的时候，她才和少校说了几句话——她能下楼吃饭已经很出人意料了。第二天早晨，她没有起床，一直躺在那里以期心脏功能恢复得好些。疗养院的桌子上摆放着蜡烛和温室种的玫瑰，服务和桌布也是上好的品质，然而艾丽西却对面前的漂亮物件视而不见。那天晚上吃饭时，她在桌旁坐下，然后便不停地打量起房间里的其他人来，沉郁的黑眼睛一如从前那样敏锐。终于，她开口了："上帝！好一群天之骄子！"她说话的样子很平静，语气却尖酸刻薄。

兰登少校永远不会忘记那顿晚饭，因为那是他最后一次和妻子共处。第二天一早，他就离开了疗养院，途中在派恩赫斯特的一个老朋友那里停留了一晚。到达营地时,一封电报已经在等着他了。艾丽西在第二个晚上心脏病发作,死了。

这个秋天上尉就三十五岁了。他很快会被提升为少校,佩戴上饰有枫叶的肩章。军队里讲究论资排辈,上尉能在相对年轻的年纪得到提拔,显然是因为上面看到了他的能力。他工作勤勉,才华不凡,有不少军官觉得他飞黄腾达是迟早的事,也许某天弄个将军当当也不是不可能。上尉本人有时候也这么认为。可是,长期的处心积虑带来的压力终于显现出来。这个秋天,特别是过去的几个星期,他老得很快,眼眶下方出现了大片瘀青,脸色发黄,皮肤斑斑点点。牙病也开始困扰他。医生告诉他需要拔掉下面的两颗臼齿,然后做个牙桩放进去。上尉一直拖着,觉得自己没有时间去张罗这事儿。他的脸上总是神色紧张,左眼也得了肌肉跳的毛病,眼皮动不动就抽搐几下,这让那张原本憔悴的脸看上去好像面瘫了似的。

上尉一直压抑着自己日益烦躁的内心。他迷恋二等兵威廉姆到了病态的地步。这种迷恋就像癌症,体内的细胞无缘无故开始造反,不知不觉已经复制了千万,最终摧毁肉体。上尉心里潜藏的对二等兵威廉姆的念想也超出了极限。心情特别沮丧时,他会仔细捋一遍两人相识的过程,想搞明白究竟是什么让他到了这个地步——一开始那个士兵失手把咖啡洒在他的新裤子上,接着是清扫林地,然后是火鸟,再然后就是每天在营地的小路上擦肩而过。可是他的厌烦情绪如何变成了仇恨，而仇恨又如何到了病态的地步，连他自己也搞不清楚。

上尉又开始沉湎于白日梦中。本质上他是一个野心勃勃的人，所以无所事事时很喜欢就自己的前途臆想一番。还在西点军校上学时，他已经开始暗暗地拿"彭德顿上校"这样的字眼愉悦自己的耳朵。刚刚过去的夏天里，他经常想象未来的自己是一位德高望重的"军区司令"。有时候，他甚至不由自主地对自己说出"彭德顿上将"这几个字——上尉觉得他本人就是为上述军职和荣誉而生的，而且"上将"听上去和他的名字是如此般配。可是，接下来发生的事情彻底打碎了上尉的美梦。某天晚上，差不多凌晨一点半的时候，上尉待在书房里，很疲倦地坐在桌旁。突然，他没来由地说："二等兵温尔登·彭德顿。"这几个字带着它们被赋予的含义，竟让上尉感到一阵轻松。他没有想到荣誉和军衔，而是幻想自己只是一个应征入伍的普通士兵。他心里起了一种微妙的变化，一种让他感到欢愉的变化。他想象自己成了一个青年人，成了那个自己仇恨的士兵的孪生兄弟，顶着一头浓密的乱发，朝气十足，廉价的普通士兵才穿的军服也遮不住身上的青春活力。他还有一双圆圆的眼睛，明亮有神，一看就是从来没有被学习和压力遮蔽了眼眸中的神采的孩子。

现在，彭德顿上尉每天下午都要散步，而且散步时一定要经过那块四四方方的空地——二等兵威廉姆的所在之地。威廉姆经常坐在一条长凳上，上尉散步的小路距离长凳最多不过两码。每次他经过二等兵面前时，对方通常都会站起来，朝他懒洋洋地敬个军礼。这段日子白昼短了些，上尉散步的时间天色已经有点晦暗。日落后，天空隐隐蒙着一层淡淡的紫色。

上尉经过士兵时，总要盯着对方看个够，脚步也慢了许多。他觉得士兵应该知道自己每天必走这条道全是因为他。上尉甚至想，为什么这个士兵不躲开自己呢，他可以找个别的地方待着呀。甭管怎么说，对方的不避让竟然让这样的散步多了一层幽会的意味。刚刚离开，他就开始拼命压抑住回头看的欲望。再走得远点，上尉变得无限悲伤，那是一种思念往昔的悲伤；他甚至为此不能自已。

上尉的家里也有了一些变化。兰登少校天天都来，几乎成了家里的成员，上尉和雷诺拉也没觉得有何不妥。少校似乎被妻子的死压垮了，一下子成了孤家寡人的他显得惶惶然孤立无助。从前兰登少校来上尉家做客时，总是欢天喜地的，现在那副神态荡然无存。三个人坐在壁炉前时，少校活脱脱一个去人家做客时不知手脚该往哪儿放的年轻人，两条腿拧着，抬手拨拉耳朵时一面肩膀抬得老高，像正在表演柔术的杂技演员。他脑子里想着艾丽西，嘴里也总是不断地念叨她的名字，仿佛接受不了生活的一部分消失得如此突然。他越来越多地谈论上帝、灵魂、活在人世的折磨以及死亡，语气悲伤且都是些老掉牙的内容。说得稍微久点，他就开始大舌头，搞得他自己也很尴尬。雷诺拉总是好菜好饭地招待少校，同时耐着性子聆听那些消极的言论。

"要是阿克莱托回来就好了。"这成了少校常常念叨的一句话。

艾丽西死后的第二天早晨，阿克莱托便打包行李、归置东西，离开了那家疗养院，从此再无消息。雷诺拉帮少校另找了个厨子——是苏西的一个兄弟。少校一直希望家里能有个黑人童仆，哪怕会偷他的酒喝，哪怕干活时偷懒（能不扫毯子下面就不扫），但是上帝，只要他是个正常人，不会整天坐在钢琴前弹来弹去，嘴里时不时嘟囔出几句谁也听不清的法语就好！苏西的兄弟还算不错，虽然偶尔会把梳子拿手纸包起来当乐器弹奏一会儿，虽然会喝酒，但他会用玉米粉做很好吃的面包。虽然新来的仆人没啥大毛病，兰登少校还是觉得有不合心意之处。他开始想阿克莱托，担心他去了哪里，同时心里很后悔，觉得自己当初应该挽留他。

"你知道吗？过去我常常对阿克莱托说他要是我手下的兵，我要如何如何。你是不是也觉得那小东西根本不怕我？其实大部分时候我也只是说说而已——但是我总觉得如果那家伙真当了兵倒也是一种福气。"

上尉不想听少校念叨，在他看来，那个小菲律宾人也应该得心脏病死掉！上尉不仅讨厌少校的絮叨，也讨厌周围的一切，只要待在这房子里就觉得不舒服，在房子里吃饭也让他感到极其难受。那两个人（雷诺拉和少校）似乎没心没肺，每餐都吃得津津有味。上尉对那些粗制滥造的南方食物一点食欲都没有。厨房很少有干净整洁的时候，苏西邋遢得无法言说。要知道上尉是一个对饭菜很讲究的人，做饭也干净。他喜欢吃加工精细的新奥尔良风味食物和食材搭配讲究的法国食物。他一个人在家的时候，一定会亲自下厨做一顿美味，量不多，但是看着让人很有食欲。他最喜欢用鸡蛋、黄油煎牛柳，这道菜可不容易做好。彭德顿上尉讲究完美，怪癖也多。牛排只要煎得有点过头，或者调味汁在锅里的时间太长，看着有点干巴，哪怕只有一点儿，他都会拿到后院，挖个洞埋了。但是现在，他对食物毫无兴趣。有一天，雷诺拉去看电影，上尉打发走苏西，开始忙乎，想做炸鱼丸吃。可是做到一半的时候，他却突然觉得索然无味，于是扔下手里的饭，出门扬长而去。

雷诺拉说："我觉得，阿克莱托很可能在随军食堂里找到了一份工作。"

"艾丽西总说我那么说是因为不想对阿克莱托好，"少校说，"其实不然。我知道，阿克莱托如果当兵的话不会开心，这是一定的，但是当兵可以锻炼他，让他成为真正的男子汉，扔掉脑子里那些乱七八糟的想法。一个二十三岁的男人，成天不是听音乐、跳舞，就是摆弄水彩颜料，多么不可思议。他在军队里肯定会受人欺负，可那也好些。"

"您的意思是，"彭德顿上尉接过话茬儿，"用偏离正轨的行为来获得满足感是错误的，不应被允许带来幸福。说得简单点，面对方木桩，宁可不断修削圆孔，也不使用不合常规的方孔，即使那是适合它的。这样做之所以更好，是因为合乎道义。"

"这个比喻很恰当，这么想难道不对吗？"少校问，"难道你不是这样想的？"

上尉没有马上回答，而是顿了一下才说："我不这么认为。"说话时，上尉突然想到自己的灵魂并且看到了它，看得真真切切，同时心里浮上一层森森的寒意。他第一次看到了自己的另外一副模样：那是一个玩偶一样的小人，长相别扭，表情漠然，四肢是畸形的。上尉冷冷地看着这个小人。他心里接受了自己的这个形象，既不想改变，也不想为自己何以成为这样的人找借口。他漫不经心地重复道："我不这么认为。"

兰登少校没有说话，但是他的确好好想了想，上尉的回答显然有点出人意料。少校不喜欢猜别人脑子里的想法，他讲话喜欢直来直去。他摇摇头，开始诉说起自己的烦恼来。"有一次我醒来，天还没亮，看见艾丽西房间里的灯亮着，就过去看看她在做什么。只见阿克莱托坐在她床边，两个人低着头在玩什么东西。你猜他们在玩什么？"说到这里，少校抬起手，用粗短的指头揉揉眼睛，摇摇头继续说道，"两个人在往碗里扔什么东西，碗里还盛着清水。我走过去仔细一瞧，原来他们在扔阿克莱托从小杂货店里买来的日本小玩意儿，一到水里就绽开，像花儿似的。两个人凌晨四点钟起来玩这个！我气得要命！结果气头上又差点给艾丽西的拖鞋绊倒，这一来我更生气了，一脚踢飞了那两只鞋。艾丽西好几天都冷着脸，也不和我说话。那个小菲律宾人居然把盐放在糖罐里给我端上来，让我喝咖啡用。唉，一想起这些心里就很难过！那些日子艾丽西肯定也不开心。"

"给你的也将会从你这里拿走。"雷诺拉对《圣经》知之甚少，但她的善意是由衷的。

这些日子雷诺拉也变了，看上去更成熟。短短的几周内，她便丢掉了以往的少女味，身体不再像以前那么紧致结实，脸也宽了不少。虽然她休息时脸上的表情还似以往那样柔和，但柔和里多了些懒散的感觉。现在的她看上去更像一位母亲，一位手上拉扯好几个孩子，肚子里还怀着一个（八个月后临产）的母亲。不过她的脸色娇嫩红润，身材也看不出任何松垮的迹象（虽然已经能明显感觉到她在一点点地变胖）。艾丽西的死让她感到愕然，可能是因为亲眼看到躺在棺材里的死者，她开始变得神神道道的。葬礼结束几天后，她去邮局订购食品，人们发现她变了，小声低语，像有所畏惧。这些日子，她事事顺着少校的心思，虽然温顺的态度里不乏敷衍的成分。她总是提起艾丽西，任何她能想到的关于艾丽西的趣事都要一提再提。

"对了，我特想知道那天晚上，艾丽西来咱们家时，在你屋里对你说了什么？"上尉这样问雷诺拉。

"我告诉过你了，我不知道她来过！她根本没有叫醒我！"

上尉对妻子的答案并不满意。他越回想那天晚上在书房看到艾丽西的一幕，就越觉得必有蹊跷，那晚上的事情真是让人费解。不过他不觉得雷诺拉没有告诉他实话，她如果撒谎的话，谁都能看出来。艾丽西那天晚上的话究竟是什么意思呢？自己从少校家回来后为什么没有上楼去查看一下？他感觉答案似乎就在心里的某个地方藏着。这件事搅得他很是不安。

"我还记得一件事，那可把我吓坏了！"雷诺拉一边伸手烤火，一边回忆艾丽西，她的手粉粉嫩嫩，像是一个还在上学的小女孩的手，"就是我们几个一起开车去北卡罗来纳那次。在你那个朋友家吃完鹧鸪饭后，莫瑞斯、艾丽西、阿克莱托还有我一起去乡间散步，迎面碰到一个男孩。男孩牵着一匹马，是当地人用来犁地的，也就骡子大小，真的！就那么大！不知怎的，艾丽西突然说她很喜欢那匹老马，还说想骑一下试试。她上前和那个小'焦油脚跟'（对北卡罗来纳州人的称呼）套近乎，两个人很快成了朋友。然后,艾丽西站上篱笆桩子,借着桩子的高度骑到马背上——要知道那匹马没配鞍子,艾丽西还穿着裙子,你想想看!我猜那马很多年没人骑过,艾丽西一坐上去,它就往地上倒去,想打滚儿掀她下来。当时我就想,这下完了!艾丽西要没命了!我吓得闭上了眼睛。可是你知道吗?她竟然一分钟之内就让那马站了起来,还驮着她在地头一溜儿小跑,就像刚才那惊险的一幕没发生过似的。换了你根本做不到!阿克莱托跟在后面跑上跑下,像只喝醉的樫鸟。上帝!那一次真开心!艾丽西从来没有那样让我吃惊过。"

上尉打了个哈欠。其实他并不瞌睡,雷诺拉的话伤了他的自尊心,所以他故意打个哈欠以示不满。因为火鸟的事,两个人一直在闹别扭。自打那次上尉骑着火鸟出去,那马就变了,再也不像以前那么精神。雷诺拉坚持说是上尉的过错,不停地埋怨他。不过过去两周发生的事情转移了雷诺拉的注意力,上尉心里明白,过两天妻子就会忘了马的事情。

那晚,兰登少校用自己最爱说的一句话结束了聊天:"对我来说,两件事最重要——保重身体和为国效力。只有身体健健康康的,才能谈到报效国家。"

这段时间,就连上尉也觉得,让一个精神有点恍惚的人一直待在家里不合适。以前听到少校发出类似的感叹时,上尉心里会暗暗嘲笑一番。但是现在,他觉得这所房子被一股不祥的气息笼罩着,莫名地感到不光是艾丽西死了,他们这三个活着的人似乎也离死不远了。不过,以前他曾害怕某一天雷诺拉随少校私奔,现在,这个念头不再折磨他。他一门心思想着那个二等兵,相比之下,过去对少校的爱慕可以说微不足道。

这段日子，上尉只要在家待着就烦躁无比。屋子里乱七八糟，客厅里的沙发式样老旧，上面还盖着亮闪闪、颜色杂乱的印花布。屋内有几张简陋的安乐椅，地毯是艳俗的红色，写字台像老古董，陈腐不堪，所有的一切都带着一股子上尉憎恶的俗不可耐的劲儿。窗帘是廉价的蕾丝做的，壁炉台子上摆放的那几件装饰品（一排假象牙做的大象，熟铁打的烛台，一个抱着一小片切开的西瓜龇牙笑着的黑小子雕像，一只雷诺拉用来放名片的墨西哥玻璃碗）看上去要多不值钱就有多不值钱。家具给人以要散架的感觉（那是常常搬家的结果）。总之，这种软塌塌、乱糟糟的布置只会让上尉生气，不能提供任何视觉享受，所以上尉尽量不在屋里待着。他开始向往营房的居住环境，不断地想象里面的模样：干净整洁的行军床，光洁的地板和无遮无拦的窗户。存在于上尉脑海中的营房清贫而圣洁，不知道为什么，墙根还矗立着一个雕花大柜，包着铜皮，看上去十分古典。

上尉每天黄昏都会出去散步。他神情恍惚地走在那条小路上，好像失了魂似的，对周围的景物视若无睹，脑子里只有那个二等兵！在上尉的心里，这个年轻士兵俨然成了怀揣魔法的巫女，让他朝思暮想、念念不忘，让他情难自已、欲罢不能。

散步时，上尉感觉特别地孤苦无依，似乎天地间只剩了他一个人在徘徊，眼里的每桩事物都呈现出无可比拟的深意。凡是他眼耳所及的景物，即使看上去普通得不能再普通，在他心里却成了预示命运走向的意味深长的灵物。一只停在水沟旁休息的麻雀就足以吸引上尉，让他心无旁骛地站在旁边打量好久。这段时间，上尉几乎连最基本的感知能力也丧失殆尽。一天下午，他目睹一辆大卡车碾过一辆小汽车，可对他来说，这血淋淋的场面和几分钟后出现的一张在风中瑟瑟发抖的报纸没有多少区别。

有一段时间，他对二等兵威廉姆的感情不再是仇恨。他也不再去想自己为什么恨这个士兵。他对他的感情发展到一种非爱非恨的状态，继而成为一种渴望，一种想去打破存在于两人之间的因为无法交流而产生的隔阂的渴望。每次远远地看见在营房前休息的威廉姆，他就很想冲过去，冲他大喊大叫，揍他，并希望他也用暴力回应自己。距离上尉第一次碰见这个二等兵已经有两年了，即便是距离上次他来帮忙清理空地也有一个多月了，但是他们之间的对话从未超过十句。

十一月十二日那天，上尉和往常一样出现在散步的地方。但那天他感觉很不好，因为早晨在教室里讲课时他突然莫名其妙地失忆了。当时他站在黑板前，正在讲解一道战术题，突然大脑一片空白——他不光忘了后半句的词儿，就连那些士兵的脸也变得如同陌生人一般。与此同时，二等兵威廉姆的那张脸却出现在上尉眼前，清晰无比。上尉呆呆地站在讲台上，手里还抓着一截粉笔。回过神后，他解散了学生。还好失忆发生的时候，他几乎讲完了大半节课，所以事情还不算太糟。

天气出奇地好，天空上虽然挂着几片厚重的雷雨云，但地平线那端澄澈清明，阳光温柔地照耀过来。上尉机械地走在那条通往营房前面四方空地的小路上，甩着两条好像永远不会弯曲的胳膊，低着头，眼睛一直没离开身上的裤子和擦得锃亮的尖头皮鞋。快走到二等兵威廉姆坐的地方时，他抬起头来，盯着士兵看了一阵后，径直来到他面前。威廉姆站了起来,样子和平常一样,懒散怠惰。

"二等兵威廉姆!"上尉说。

士兵等着上尉继续,对方却不说话了。本来上尉是想就军服穿得不整齐批评对方一番,因为刚才在稍远的地方,他看到威廉姆的扣子系错了——这个二等兵总给人衣衫不整的印象,好像少穿了一件衣服。但是面对面时,他却找不出对方任何穿着上的毛病。威廉姆看上去邋里邋遢,其实是因为体形,而不是穿着上违反了军队的要求。上尉站在二等兵面前,一句话也说不出来,心里却是五味杂陈、爱恨交加,既凄惶又愤怒。最后,他身子一拧,走开了。

上尉快到家时,终于下起了雨。一开始只是像冬雨那样淅淅沥沥地下了几滴,很快便传来隆隆的雷声,一副山雨欲来的架势。在离家只有二十码远的地方,雨滴落到了上尉的头顶。如果这时他撒开腿一路小跑,完全可以避开雨水,可惜他脚下沉重无比,想快快不了,生生地让接踵而至的滂沱大雨浇了个透湿——终于,目光灼灼、浑身颤抖的上尉打开了自家的屋门。

当空气中开始弥漫山雨欲来的气息时,二等兵已经回到了营房。他一直待在活动室里,晚饭时间去了人头攒动的餐厅,美美地吃了一顿。这之后,他找到自己放东西的柜子,拿出一小袋花花绿绿的糖果,嘴里嚼着糖去上厕所。厕所里只剩下一个位置还空着,前面排队的士兵正在解裤扣准备如厕。就在那个士兵准备坐到马桶上的当儿,威廉姆狠狠推了他一把,似乎要抢位子。威廉姆的挑衅立刻引来一群士兵围观。打斗初始,威廉姆靠着敏捷的身手和力气占尽上风。不过在纠缠的过程中,他脸上并没有显得多亢奋,出手也不狠,也看不出有多愤怒。外人只有从他脸上的汗水和被汗水模糊的双眼看出他在用力。对手很快丧失了招架能力,这场战斗眼看就要以二等兵的胜利而告终。可就在这时,威廉姆却突然收手,仿佛一下子没了打下去的兴趣,只想束手就擒。于是对方结结实实地揍了他一顿,揪着他的头狠狠地往地上撞了几下。结束后,二等兵摇摇晃晃地从地上爬起来,没有解手便离开了厕所。

  这不是威廉姆第一次挑起事端了。过去的两个星期里,他晚上一直待在营房里,惹了不少事。和他同住一屋的士兵们见怪不怪,认为这只是他个性中的另一面,现在终于暴露出来了。他可以一连几个小时坐在那里,精神萎靡,也不说话,可说不准什么时候就会没来由地挑起事端,和人打一架。他白天也不再去那片树林。到了晚上,他常常做噩梦,梦话吵醒了同屋的士兵。不过,威廉姆的反常表现并没有引起其他士兵的注意,原因不外乎这个营地里从不缺奇闻逸事,更离奇的人和事多了去了。比方说,有一位上了年纪的下士每天晚上都要给秀兰·邓波儿写信,就像写日记一样,天天不落。他向秀兰·邓波儿汇报自己每天都做了哪些事情,第二天早晨把信寄出去。还有一个人,就因为朋友不肯借给他五毛钱买杯啤酒,从三楼的窗子跳了下去。还有,就在威廉姆所在的连里,有个厨子,整天怀疑自己得了舌癌,哪个医生说都不顶事儿。他每天站在镜子前观察自己的舌头,舌头伸得老长,最里面的味蕾都看得一清二楚。后来他干脆不吃饭，人瘦成了纸片儿。

在厕所里打完架后，二等兵回到他睡觉的营房。他一头栽倒在行军床上，把手里的糖袋塞进枕头底下，默不作声地仰头盯着天花板。雨声渐渐小了，天色渐渐黯淡下去，是晚上了。二等兵心里仿佛在做着五彩的梦。他脑子里出现了上尉，但是画面模糊，没什么意义。对于这位来自南方的年轻士兵来说，军官和黑人同属一个模糊的范畴——这些人在他的生命中出现，但他压根没有把他们当作"人类"来看待。在他心里，上尉的存在和天气变化或者其他自然现象没什么两样，是很自然而然的事情。他也觉得彭德顿上尉的举止有些奇怪，但是压根没有把这些举动和自己联系起来。他从来没有猜测过上尉的动机，就像他从来没想过天上为什么会打雷下雨、花儿为什么会谢一样。

自从那天晚上那间卧室的灯突然被拧亮，一个黑黑的女人的影子站在过道上看着他，士兵就再没有去过彭德顿上尉家。当时他的确吓了一跳，但那种惊吓更多是身体上的，并没有进入他的意识，也可以说是在当时情况下一种下意识的恐惧，而士兵本人并没有明白感到恐惧的真正原因。他听到大门关上后，走出上尉夫人的卧室，确定周围没人，顺原路溜回那片树林。然后他开始拼命地跑，跑的时候也不敢弄出动静。但自始至终，他也没明白让自己恐惧的真正原因。

可是对上尉夫人的记忆却进入他的意识里了。雷诺拉每天晚上都出现在他的梦里。他想起自己刚刚入伍时，因为食物中毒被送到医院里。每次女护士靠近他，他便瑟瑟发抖，因为他想到女人是让人生病的不好的东西便害怕得不能自己。即使难受得要死，不到万不得已他也绝不肯叫护士来帮忙。但是现在不一样了,他不再害怕女人了,因为他已经碰过女人(上尉夫人)的身体了。这之后,他每天清晨都会仔仔细细地给火鸟梳理鬃毛,架上鞍子,然后用目光护送它驮着上尉夫人越跑越远。他注意到上尉夫人的脸颊总是红红的(因为空气寒冷),像一朵盛开的玫瑰,整个人充满活力和朝气。雷诺拉喜欢和威廉姆开玩笑,不开玩笑时也会友好地和他打招呼。每到这时候,这个帮她牵马的士兵从不看她,也不吭声。

在二等兵的心里,雷诺拉的形象和马厩里或者蓝天下的她毫无关联。在他脑子里,雷诺拉只能是夜晚时他在房间里看到的那个女人的形象。那间小屋给他的记忆分外生动和具体。脚下的地毯传递出厚重绵软的感觉,丝绸衣服摸上去是那么光滑熨帖,空气里散发出一种似有还无的香水味,这些无不给他一种无法言说的幸福感。其实不仅如此,刺激他的还有辐射到空气中的那馥郁温暖的肉体馨香,在寂静无人的夜里,带来一种从未体验过的甜蜜感。除此之外,弓着身子靠近她时,他感受到了无比强烈的紧张感。他想牢牢抓住这些感觉,不让它们离开。一种见不得光的让人失魂落魄的渴望在士兵的体内酝酿着,生长着。

午夜时分,雨停了。营房里一片漆黑,灯早就熄了。一直和衣躺着的威廉姆从床上起来,穿上网球鞋,悄悄溜了出去。他又一次顺着那条林子边缘的小路,朝上尉家的方向走去。今天晚上没有月亮,士兵却走得比以往任何时候都要快。中途他迷了路,好不容易到了上尉家附近,却由于夜色太黑掉进一个深坑里。一开始,他以为自己掉进了一个很深的矿坑里,直到擦着火柴借着光亮手忙脚乱地爬上来,才发现这坑是新挖的。今天晚上，上尉家里没有点灯，从外面看黑乎乎的。士兵此时已是一身泥浆、满身伤痕，他气喘吁吁地等了一会儿，然后溜了进去。在今晚之前，他已经来过六次，这是第七次，也是最后一次。

上尉站在自己卧室的后窗旁。他今天晚上吃了三片速可眠，但还是睡不着。在酒精和药的作用下，他头脑有点迷糊。上尉一向穿衣讲究，此时却穿了一件质地很不怎么样的睡衣，外面披了一件做工粗糙、似乎只有刚丧偶的监狱女看守才会穿的黑色羊毛外衣。里面的睡衣看着脏兮兮的，帆布一样硬。上尉脚上什么也没穿，地板很凉。

松树林那边传来飒飒的风声，上尉站在窗户旁，倾听着。突然，一束微弱的火光在黑暗中晃了几下，随即又隐匿在夜色之中。可就在火光将灭未灭的一刹那，上尉看见了一张脸。那张被火光照亮、瞬间又隐没的脸让上尉差点背过气去。那个模模糊糊的影子穿过草坪，向上尉家走过来。上尉裹紧外套，把一只手放在心口上，闭上眼睛听着房间里的动静。

一开始房间里静悄悄的，然后是一阵轻微的上楼梯的脚步声——与其说是听到那脚步声，莫不如说是感觉到。上尉房间的门半掩着，透过门缝，他看见了那个影子。上尉倒抽一口冷气，声音被淹没在外面的风声中。

彭德顿上尉闭上眼睛，极力压抑着内心的痛苦。等了一会儿，他出门来到走廊朝妻子房间看去，浅灰色的窗户上映出一个人的轮廓，那正是他朝思暮想的身影。在那一刹那间，彭德顿上尉似乎一下子全明白了。事实上，当预感到有让人震惊的大事即将发生时，人们通常也做好了随时放弃这种震惊的准备。在这脆弱无助的时刻，他的心里涌现出宛如万花筒般纷繁杂乱的猜想。与此同时，他也强烈地预感到惨剧即将到来。他回到房间，从床头柜的抽屉里取出一把手枪，穿过走廊，进了妻子房间，打开了墙壁上的开关。做这些的时候，他的心里浮现出一些记忆碎片——窗户上的影子，从夜色中传来的声音。他对自己说他知道该怎么做。但是自己到底想要做什么，他却说不清楚。只有一点他很肯定——马上就要结束了。

士兵几乎没有时间站起来，他被灯光刺得眨了几下眼睛，脸上丝毫没有害怕的表情，只是看上去有些迷惘，同时带着被人打搅时的不耐烦，好像他真的被什么没来由的事情打搅到了。上尉是个神枪手，两枪过后，士兵的胸膛上出现了一个没有泅开的黑色的血洞。

枪声震醒了雷诺拉，她从床上坐起来，迷迷糊糊地看着四周，好像眼前所见是舞台上的一幕，悲惨血腥，却不必当真。与此同时，后门传来敲门声，穿着拖鞋和睡袍的兰登少校冲了进来。上尉身体软下去，顺着墙壁缩成一团，样子颇像一个精神崩溃、丧魂落魄的僧人。士兵躺在那里，没有呼吸的身体带着暖意，带着一种常见于动物身上的舒适感。他的脸还是像平常那样严肃，被太阳晒黑的手掌朝上放在地毯上，好像只是睡着了。

图书在版编目（CIP）数据

伤心咖啡馆之歌/（美）卡森·麦卡勒斯著；斯钦译
—济南：山东文艺出版社，2020.1
ISBN 978-7-5329-5908-2

Ⅰ.①伤… Ⅱ.①卡… ②斯… Ⅲ.①长篇小说—小说集—美国—现代 Ⅳ.①I712.45

中国版本图书馆CIP数据核字（2019）第261619号

伤心咖啡馆之歌
SHANGXIN KAFEIGUAN ZHI GE
（美）卡森·麦卡勒斯 著 斯钦 译

主管单位	山东出版传媒股份有限公司
出版发行	山东文艺出版社
社　　址	山东省济南市英雄山路189号
邮　　编	250002
网　　址	www.sdwypress.com
读者服务	0531-82098776（总编室）
	0531-82098775（市场营销部）
电子邮箱	sdwy@sdpress.com.cn
印　　刷	山东德州新华印务有限责任公司
开　　本	890毫米×1240毫米 1/32
印　　张	6
字　　数	128千
版　　次	2020年1月第1版
印　　次	2020年1月第1次印刷
书　　号	ISBN 978-7-5329-5908-2
定　　价	42.00元

版权专有，侵权必究。如有图书质量问题，请与出版社联系调换。